만주와 한국 여행기

저자

나쓰메 소세키夏目漱石, Soseki Natsume

1867년 도쿄東京에서 출생하여 1918년 위궤양 악화로 세상을 떠나기까지 쓴 수많은 작품으로 국민의 사랑을 한 몸에 받고 있는 일본을 대표하는 소설가이자 평론가 그리고 영문학자. 도쿄제국대학東京帝国大学 영문과를 졸업한 후, 도쿄고등사범학교東京高等師範学校 등에서 영어교사로 근무하기도 했으며, 이후 국비유학생으로 영국유학을 다녀왔다. 유학 후에는, 제1고등학교 및 도쿄제국대학 그리고 메이지대학明治大学 등 대학 강의를 하다가 지인의 권유로 쓰게 된 처녀작『나는 고양이로소이다吾輩は猫である』의 성공으로, 아예 모든 교직에서 퇴직하고 아사히신문사朝日新聞社에 입사하여 전업 작가의 길을 걷기 시작했다.

예민하고 감수성이 뛰어났던 그는 우울증과 신경쇠약 그리고 위궤양 등 상시 건강문제에 시달리면서도, 근대인들의 인식과 그들의 내면의 문제를 특유의 섬세하고도 뛰어난 통찰력을 바탕으로 유머러스하고도 경쾌한 필체로 묘사했다. 그는『도련님坊っちゃん』(1906),『산시로三四郎』(1908),『그 후それから』(1909),『문門』(1910) 등 일본 근대문학사에 큰 획을 긋는 많은 작품을 발표하여 일본 근대문학의 효시, 일본의 셰익스피어라는 평가를 받고 있다.

역자

김유영金瑈泳, Yu Young Kim, http://www.japanese.or.kr

고려대학교 일어일문학과를 졸업 후, 일본 오사카대학에서 문학 석사 및 박사학위를 받았다. 현재 동덕여자대학교 일본어문학과 조교수로 재직 중인 한편, 번역가 및 문화 평론가로서도 활발하게 활동 중이다.

최근의 번역서로는『조선이 그린 세계지도-몽골 제국의 유산과 동아시아』(2010),『재해에 강한 전력 네트워크』(2013),『신문은 대지진을 바르게 전달했는가』(2013),『제언-동일본대지진』(2013),『관계녀 소유남』(2015),『암살, 안중근과 이토 히로부미, 그리고 사회주의자』(2018) 등이 있다. 그리고『조선이 그린 세계지도-몽골 제국의 유산과 동아시아』를 통해 2012년 판우번역상 대상을 수상했다.

나쓰메 소세키 **만주와 한국 여행기**

초판 인쇄 2018년 3월 25일 **초판 발행** 2018년 3월 30일
지은이 나쓰메 소세키 **옮긴이** 김유영 **펴낸이** 박성모 **펴낸곳** 소명출판
출판등록 제13-522호 **주소** 서울시 서초구 서초중앙로6길 15, 1층
전화 02-585-7840 **팩스** 02-585-7848
전자우편 somyungbooks@daum.net **홈페이지** www.somyong.co.kr

값 10,000원
ISBN 979-11-5905-108-1 03830
ⓒ 소명출판, 2018

나쓰메
소세키

만주와
한국
여행기

SOSEKI'S
"TRAVELS IN MANCHURIA
AND KOREA"

나쓰메 소세키 지음
김유영 옮김

소명출판

이 책은 당초, '만주와 한국 여행기'라는 기획으로 집필된 기행문이었지만, 작가의 사정으로 주로 '만주'에 관한 내용을 다룬 시점에서 중단이 된 작품임을 일러두는 바입니다.

옮긴이의 글

『만주와 한국 여행기滿韓ところどころ』는 치쿠마문고ちくま文庫의 『나쓰메 소세키 전집夏目漱石全集』 7권(1988)의 「満韓ところどころ」를 번역한 것으로, 나쓰메 소세키夏目漱石가 1909년 9월 2일부터 10월 14일까지 총 42일간에 걸쳐 만주와 한국을 여행하고 다녀와, 1909년 10월 21일부터 12월 30일까지 51회에 걸쳐 『아사히신문朝日新聞』에 연재한 것을 하나로 모은 기행문입니다.

저는 이 글을 통해 독자들이 이 기행문을 읽기 시작하기 전에 먼저 알아두면 좋겠다고 생각하는 몇몇 내용을 전해드리고 싶습니다. 혹은 이 책을 무심코 집어든 독자라고 하더라도 이 글을 읽고 이 책에 대해 관심을 가져 주었으면 좋겠다고 생각하기도 합니다. 물론, 역자가 서문에서 책의 내용을 먼저 이야기해서 어쩌자는 것인가 하고 반발하는 독자들이 있을 수도 있고, 이미 이 내용을 잘 알고 있는 독자들도 있을 것입니다. 만일 그렇다면 여러분은 이 '옮긴이의 글'을 건너뛰고 바로 본문을 읽어 주셔도 무방합니다.

다만, 소심한 역자가 독자들의 이해를 돕기 위해 준비한 작은 배려라고 생각해 주시면 감사하겠습니다.

우선, 이 기행문을 읽기 전에 제목에 주목해야 할 필요가 있습니다. 저는 이 책의 제목을 "만주와 한국 여행기"로 정했는데, 사실 원제를 약간 알기 쉽게 풀어썼을 뿐 원저와 차이는 크게 없습니다. 원저의 제목도 "滿韓ところどころ", 그러니까 직역하자면 "만한 이곳저곳"이니까요. 그러나 내용으로 들어가 보면 약간 이야기가 달라집니다. 이 책의 제목만 보자면 마치 '만주'와 '한국'을 여행하고 그 여정을 기록한 기행문인 것처럼 보입니다. 그러나 이 책에는 만주에서의 여정이 상세하게 기록되어 있는 반면, 식민지화되어 가고 있던 당시 조선, 그러니까 대한제국에 대한 기록의 비중은 극히 낮습니다. 한국의 이야기가 여러 곳에서 등장하기는 하지만, 실상은 만주에서 대한제국으로 이동하기 직전에 기행문이 끝나버리기 때문에, 일본의 대문호가 바라본 당시 조선의 모습을 엿볼 수 있는 여행기를 기대한 독자들은 실망할 지도 모릅니다. 이는 번역서 제목의 문제라기보다는 소세키의 원저의 문제라고 할 수 있는데, 그렇다면 소세키는 왜 '만주'와 '한국'을 여행하고 나서는 한국의 대부분의 여정이 생략된 여행기에 "만주와 한국 여행기"라고 이름을 붙였을까요?

이것을 이해하려면, 그가 만주와 한국을 여행하고 기행문을 연재했던 1909년이 격동의 시기였다는 점을 알고 있어야 합니다. 일본은 이 시기를 전후해서 오랫동안 준비해 왔던 해외진출을 본격화하면서 주변국들을 침략하기 시작했습니다. 1894년에 일으킨 청일전쟁으로 시모노세키 조약(1895.4.17)을 체결, 랴오둥 반도·타이완·펑후 제도 등을 중국으로부터 할양받았고, '조선'에 대한 일본의 영향력을 확고히 했습니다. 이어 1904년 러일전쟁에서 중국의 뤼순과 다롄을 점령하고 이듬해 포츠머스 조약을 체결(1905.9.5), 러시아로 부터 '만주' 지역의 조차권을 넘겨받았습니다. 이 기세를 몰아 일본은 같은 해 1905년에 을사늑약(제2차 한일 협약) 성립을 일방적으로 발표하여 '대한제국'의 외교권을 박탈하고 한성에 한국통감부를 설치하여 대한제국을 보호국으로 삼았습니다. 『만주와 한국 여행기』의 배경이 되는 1909년은 한일 병탄 조약이 강제로 체결되는 1910년의 바로 전 해이기도 합니다. 그러니까 바로 이러한 시기였던 1909년에 소세키는 만주철도滿州鐵道가 경영하는 『만주일일신문滿州日日新聞』의 초대로 만주와 한국을 여행하고 나서 1909년 10월 21일부터 아사히신문사朝日新聞社에 만주와 한국 여행기를 연재했던 것입니다.

그런데 마침 1909년 10월 26일 전임 한국 통감이었던 이토 히로부미伊藤博文가 얼마 전 소세키가 여행했던 하얼빈에서 한국의 의병장 안중근에게 저격되는 사건이 일어난 것입니다.

당시 대부분의 일본인들은 만주와 한국 등 일본이 진출하기 시작한 지역에 관한 정보를 여행기 혹은 견문록 등을 통해 얻고 있었는데, 그의 문학적 인기를 생각하자면 아사히신문사에서 연재하던 그의 여행기는 당시의 일본인들에게 많은 주목을 받았을 뿐만 아니라 그네들로 하여금 만주와 한국을 이해하는 데에 큰 영향을 끼쳤을 것이 분명합니다. 그러던 차에 그 무렵 일어난 당시 일본 초대 수상, 이토 히로부미의 저격 사건은 일본사회를 뒤흔든 충격적인 뉴스였고, 자연스럽게 소세키는 지금 한창 연재중인 여행기를 통해 '한국'에 대한 그의 입장 혹은 시각을 직간접적으로 요구받게 될 터였습니다. 하지만 알려진 바에 의하면, 소세키는 윤리적인 차원에서 당시 일본의 대외정책에 대해 반제국주의적인 입장을 취하고 있었던 작가였습니다. 그런데 그가 마침 만주 침략의 선봉에 서 있던 만주철도의 후원으로 만주와 한국을 다녀온 후에 기행문을 연재하고 있었던 만큼, 그는 만주와 한국 등 식민지 정책에 대한 평소 입장과 배치되는 기술을 할 수밖에 없는 부득이한 혹은 난처한 상황에 처했을지도 모를 일입니다. 구체적으로 이야기해 보자면, 이 기행문 속에서 한국인 안중근에 의한 이토 히로부미의 저격사건에 대해 무언가 의견을 표명하지 않으면 안 되는 점이 그에게 큰 압박으로 다가왔을 것입니다. 게다가 저격사건으로 말미암아 그의 여행기의 신문 연재가 불규칙해졌고, 이 점 또한 그에게 여간 불만스러운 점이 아니었을 것입니다. 그래서 소세키는 이러한 소동을 핑계로 '만주' 여행까지의 시점에서 연재를 정리하고 급하게 마무리를 지었다고 생각합니다. 그러니까, 소세키는 당초의 계획과는 달리 『만주와 한국 여행기』 속에서 논란이 될 만한 '한국' 부분의 여행기의 집필을 급거 회피한 것이라고 보는 것이 타당하다고 생각합니다.

이어서 이 여행기를 감상할 때 반드시 주목해야 할 또 하나의 부분은, 『만주와 한국 여행기』의 해외 번역판의 발간 시점입니다. 역자의 조사에 따르면, 소세키의 여타 모든 작품들은 이미 오래 전에 한국을 포함하여 전 세계적으로 널리 번역되어 인기리에 읽히고 있습니다. 그런데 이 『만주와 한국 여행기』의 경우 첫 영문 번역이 나온 것이 2000년이었으며, 한국어 번역이 처음 출간되었던 것 역시 2012년으로 매우 최근의 일이었습니다. 또한 번역판의 종류도 타 작품과 달리 각각 하나뿐으로, 소세키의 지명도와 평가를 고려해 볼 때 이는 매우 의아한 점이 아닐 수 없습니다. 다시 말하면, 어째서 전 세계적으로 본 여행기의 번역 시점이 극단적으로 늦었는가라고 하는 점입니다.

저는 이러한 이유를 작중에서 일부 나타난 소세키의 피식민지 주민들에 대한 태도에서 찾을 수 있다고 생각합니다. 『만주와 한국 여행기』에는 소세키가 품고 있는 서양에 대한 열등감이라든지 중국인과 조선인에 대한 차별감정을 감추지 않고 있다고도 생각될 수 있는 부분이 등장합니다. 게다가 때때로 그가 문명과 야만이라는 이분법적 시각 속에서 식민지 지역을 야만으로 평가하는 듯이 느껴지기도 합니다. 일본인의 활약상과 식민지 백성의 초라함을 대비시켜, 일본의 해외 식민지 경영의 업적과 진취적인 일본인의 기상에 대한 긍지 그리고 제국주의 노선에 대한 동조의 마음을 드러내고 있다고 평가하는 연구자들도 있을 정도니까요. 그러니까 이 여행기에는 이와 같이 그의 평소의 태도와 이율배반적인 점이 나타나 있다는 점에서 평론가들로부터 낮은 평가를 받아왔기 때문에 오랫동안 번역이 이루어지지 않았다고 생각합니다. 하지만 본 여행기는 태생적으로 소세키가 제공받은 만주철도의 호화로운 여행에 대한 결과물로, 여행기 속에는 자연스럽게 작자의 초청자에 대한 배려가 담길 수밖에 없었고, 일본의 대외확장에 대한 선전 효과를 노린 초청자의 의도 또한 일정부분 반영될 수밖에 없는 구조적인 문제를 가진 작품이었습니다. 그리고 기행문을 통하여 식민지 확장에 열을 올리던 당시의 일본, 그리고 그때 만주와 한국을 바라보며 일본 대중들이 원하는 것이 무엇이었는지에 관하여 엿볼 수 있다는 점에서 이 작품에는 큰 의미가 있습니다. 소세키는 윤리적으로 반제국주의적 입장을 취해 왔던 작가답게, 실제로 그는 본 여행기 속에서 만주인과 한국인에게 품고 있는 안타까운 마음을 드러내기도 했으며, 여행기와 동시기에 작성된 그의 일기를 참조하자면 그는 조선의 생활문화에 대해 긍정적이었으며 자주 조선의 자연과 음식 그리고 문화에 감탄하고 이를 칭찬하고 있습니다. 다만 앞서 언급한 여행에 참여했던 소세키의 입장이라고 하는 사정상, 미처 이에 관한 부분에 대해 자세하게 서술하지 못한 부분이 많았을 뿐이라고 보는 편이 적당할 것입니다. 그리고 소세키는 여행기 속에서 그가 여행 당시 내내 겪었던 위병으로 인한 고통을 위트와 해학을 통해 묘사하는 것을 통해, 민감한 문제들에 대해서는 상세하게 기술하는 것을 피하고 대충 얼버무리고 있는 것 같은 태도를 보이고 있는 것도 사실입니다.

　마지막으로 당부하고 싶은 말은, 독자 여러분이 그의 여정을 따라가는 도중에 길을 잃지 않았으면 한다는 점입니다. 『만주와 한국 여행기』는 기행문이라고는 하지만 내용 중간 중간에 소세키의 과거 회상이 많이 포함되어 있어, 집중하지 않으면 독자는 여정의 흐름을 놓치기 쉽습니다. 소세키의 팬이라면 그의 작품에서 볼 수 없었던 작가의 모습을 엿볼 수 있다는 재미가 있겠습니다만, 기행문의 본질에 충실하고 이를 읽는 독자들의 이해를 돕기 위해 다음과 같이 여정 지도를 첨부하여 그의 여정을 시간 순서대로 표기했습니다. 소세키와 함께 만주와 한국을 여행한다는 기분으로 지도를 참고하며 여행기를 읽어 주신다면 더욱 생동감 있게 기행문을 감상하실 수 있을 것이라고 생각합니다.

　소세키는 지도에서 보이는 것처럼, 1909년 9월 2일에 도쿄東京를 출발하여 9월 3일 간사이關西의 고베神戸에서 배를 통해 다롄大連으로 향한 다음 그곳에서 뤼순旅順, 웅악성熊岳城, 잉커우營口, 탕강즈湯崗子 온천, 푸톈奉天, 푸순撫順, 하얼빈, 창춘長春, 안둥현安東縣 등 만주지역을 차례대로 돌아보았습니다. 그리고 이어서 한국의 신의주, 평양, 경성, 인천, 개성을 차례로 여행했고 마지막으로 부산에서 배편으로 시모노세키下關로 귀환한 것이 같은 해 10월 14일이었습니다.

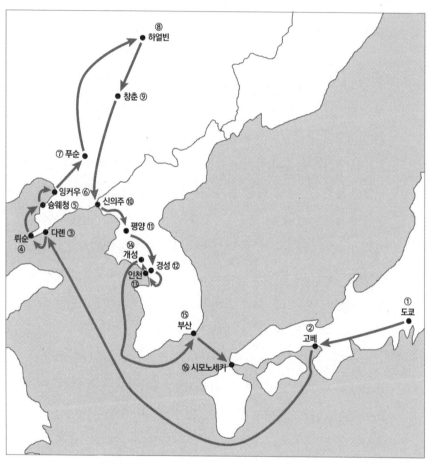

소세키의 주요 여행 경로 (일본-만주-한국-일본 순)

마지막으로 저는 이번에 『만주와 한국 여행기』를 새롭게 번역하면서, 근대 일본어의 예스러운 표현을 세밀하게 분석하고 고증하여 오역을 최소화하고자 노력했습니다. 그리고 본문의 지문으로 묻혀 있던 대화문을 회화체로 복원하여 원문의 주인공들의 생생한 대화 분위기를 최대한 살리고자 했으며, 한자어를 많이 사용하여 묘사한 당시의 만주와 한국의 모습을 가급적 쉬운 표현으로 생생하게 재현하고자 노력했다는 점을 강조하고 싶습니다.

　　지금까지 러일전쟁에서 일본이 승리했다는 단순한 역사적 사실만을 단편적으로 알고 있었던 독자라면, 여러분은 이 기행문을 통해 러일전쟁의 결과 만주의 막대한 이권을 차지하게 된 일본이 남만주철도회사를 설립하고 이 지역에서 어떻게 식민지화를 진행했는지를 소세키의 눈을 통해 생생하게 엿볼 수 있을 것으로 기대합니다.

2018년 3월

옮긴이 김유영

차
례

나쓰메
소세키

만주와
한국
여행기

1

내가 "남만철도회南滿鉄道会는 도대체 뭘 하는 곳이지?"라고 진지하게 물어보자, 남만철도南滿鉄道의 총재는 다소 어이없다는 얼굴로, "자네도 어지간히 바보로군"이라고 말했다. 제코是公[1]로부터 바보라는 소리를 듣는다고 해도 대수로울 것도 없었기에 딱히 대꾸는 하지 않았다. 그러자 제코는 웃으면서, "어때? 다음에 내가 한번 좋은 데 데려가지"라고 말했다. 제코의 "데려가지!"라는 말은 오래전으로 거슬러 올라가는데, 지금으로부터 대략 24~5년 전에 간다神田의 오가와정小川亭 앞의 싸구려 튀김집에서 밥을 산 이래, 그는 이따금 어딘가 좋은 데 데려가겠다고 입버릇처럼 말하곤 했다. 하지만 그럼에도 불구하고 한 번도 변변한 곳에 데려간 적이 없다. '이번에도 대략 그 정도 수준이겠지'라는 생각이 들어, 적당히 끄덕이고 말아버렸다. 이런 시큰둥한 대답을 들은 총재는, "해외에 있는 일본인이 어떤 일을 하고 있는지 조금은 보고 오는 편이 좋아. 자네 같이 아무것도 모르는 데다가 거만하기까지 해서는 주위사람들이

1　[역주] 나카무라 요시코토(中村是公)(통칭 제코), 1867년 12월 18일(慶応 3年 11月 23日)~1927年 3月 1日) : 메이지(明治) 말기부터 다이쇼(大正), 쇼와(昭和) 초기에 활약한 일본의 관료, 실업가, 정치가. 제2대 남만주철도주식회사의 총재를 거쳐 철도원총재(鉄道院総裁), 도쿄(東京)시장, 귀족원의원(貴族院議員) 등을 차례로 역임했다. 나쓰메 소세키(夏目漱石)의 친구. 관료출신답지 않은 호방한 성격으로 '바보총재(べらんめえ総裁)', '프록코트를 입은 멧돼지' 등의 별명으로 유명하다.

곤란해져"라고 나름 설득력 있는 말을 했다. 듣자 하니 제코가 바칸 馬関[2]인가 어딘가의 여관에서 필요 이상으로 팁을 낸다고 한다. 나는 제코君公와 함께 직접 가서, 그 어마어마한 팁이 여관의 주인이나 하녀 그리고 머슴에게 어떤 영향을 미치는지 조금은 보고 싶어졌다. "그러면 자네를 따라서 한번 가보고 싶네"라고 부탁하자, "그야 상관없지. 함께 가는 것이 싫다면 따로따로 가도 상관없다네"라는 답장이 왔다. 그러고 나서, 언제쯤 같이 갈 수 있을지 몰랐지만 농담 반 진담반으로 기다려보니, 8월 중순쯤에 심부름꾼이 와서는, 언제든지 나설 채비가 되어 있는지 어떤지 물어왔다. 의지만 있다면 언제든지 떠날 수 있는 것이 나의 장점이었기 때문에, 갈 수 있다고 대답했다. 그러자, 다시 10일 정도 지난 어느 날, "바칸馬関에서 배로 떠나는데 괜찮겠나?"라고 하는 편지가 도착했다. 그것도, "잘 알겠네"라고 승낙했다. 그 다음에는, "급한 일이 생겼으니 예정되었던 배의 다음 배로 연기하고자 하는데 어떻겠나?"라고 하는 편지가 왔다. 그것도 흔쾌히 받아들였다. 하지만, 이를 받아들이자마자 나는 갑자기 급성 위염으로 덜컥 자리에 누워버리고 말았다. 이래서는 아무리 약속을 중시하는 나로서도, 출발 일까지 완쾌할 수 있을지 없을지 장담할 수 없었다. 이렇게 가슴을 찌르는 듯한 위경련이

2　[역주] 야마구치현(山口県)의 시모노세키(下関)를 가리킨다. 시모노세키(下関)의 옛 명칭인 아카마가세키(赤間関)를 아카바칸(赤馬関)이라고도 기록했던 것에서 유래한다.

계속돼서는 약속이 문제가 아니다. 바칸도 팁도, 제코도 다롄大連도 엉망진창이 됐다. 단지 온 세상이 새카맣게 보일 뿐이었다. 그렇지만, 여행에 대한 일말의 기대감으로, 먼저 가 있으라는 말은 한마디도 꺼내지 않았다.

그 뒤로 나의 위胃는 가스인지 무엇인지로 가득 찼다. 식기 소리만 들어도 짜증이 났다. 인간이란 동물은 무엇이 필요해서 밥 따위를 먹는지 도대체가 이해할 수 없다. '이렇게 얼음만 씹고 있노라면 깨끗하고 부족할 것 하나 없지 않나?'라고 말하고 싶은 기분이었다. 베갯머리에서 '인간이란 무엇일까?'라고 곱씹어보자니, '떠들어대지 않고서는 견디지 못하는 수다쟁이만큼 한심하고 천박한 것이 따로 있을까?'라는 생각이 들었다. 그러고는 눈을 뜨고 책꽂이를 둘러보니 책들로 빼곡하다. 책들은 하나하나가 서로 다른 색에, 제목도 서로 제각각이었는데, 혼란스럽기 그지없다. 도대체 이건 무슨 취향일까? 그리고 무슨 까닭에 그것을 마치 대단한 것인 것 마냥 이처럼 나열해 둔 걸까? 실로 여간 귀찮은 세상이 아닐 수 없다. 빨리 죽어버렸으면 좋겠다는 기분이 들었다.

데이지禎二[3] 씨가 이불 옆으로 다가와서 무슨 일이냐고 물었지만, 대답하는 것도 바보 같고 해서 아무 말도 하고 싶지 않았다. 의

---

3 [역주] 스즈키 데이지(鈴木禎二) : 나쓰메 소세키(夏目漱石)의 처남. 스즈키(鈴木)는 주로 나고야(名古屋)에서 활약한 건축가로, 교토(京都)의 구 미쓰이(三井)빌딩 등을 설계했다.

사가 와서는, "이래서는 여행은 무리예요. 의사로서 반드시 만류하고 싶습니다"라고 설교했지만, 지당하다고도 혹은 어림도 없다고도 그 어느 쪽으로도 대답하고 싶지 않았다.

그러던 중, 시간은 가차 없이 흘러만 갔다. 하지만, 병은 여전히 몸에서 떠날 줄을 몰랐다. 이윽고 출발 전날이 돼서야, 나카무라中村에게 전화해서 거절할 수밖에 없었다. 나카무라는 "몸조리 잘하게"라는 말을 남기고 떠나버렸다.

2

소형 증기선에서 내려 데쓰레이마루鉄嶺丸의 뱃전에 오르자마자, 상선회사의 오카와 히라大河平 씨는, "어떻게, 총재님과 함께 오신다고 들었습니다만……"이라고 물어왔다. 배가 움직이기 시작하자, 다시금 사무장 사지佐治 군도 "총재님과 같은 배로 오시는 것으로 들었습니다"라고 물어온다. 살롱의 입구에서 마주친 선장도 마찬가지로, "총재님과 함께라고 누군가에게 들었습니다만"이라고 물어온다. 이렇게 모두가 총재님, 총재님이라고 노래를 불러서야, 제코是公라고 부르기가 갑자기 두려워진다. 어쩔 수 없이, "예 총재님과 함께 올 예정이었습니다만", "예 총재님과 같은 배에 타기로 약속했었습니다만"이라고, 갑자기 25년간 익숙했던 제코라는 호칭을 아껴두어야만 했다. 이와 같은 상황은 데쓰레이마루를 시작으로 다롄大連에서 만주滿洲 일대에 이르기까지 이어져, 이윽고 안동현安東県을 거쳐 한국韓国에까지 계속되었는데, 여간 조심스러운 일이 아닐 수 없었다. 총재라고 하는 말이 세인들에서는 어떻게 통하는지는 모르지만, 내가 옛 친구인 나카무라 제코中村是公를 대표하는 명사名詞로서는 너무나도 훌륭하고 야단스러운 데다가, 너무나도 친근감이 없으며 도드라진다. 영 멋대가리가 없다. 설령 세인들이 뭐라 하든지 간에, 나 하나만큼은 역시 옛날 그대로 제코, 제코라고 편하게 부르고 싶었지만 중과부적으로, 50일간 내내 모처럼의 친구를 마치 타인처럼 대할 수밖에 없었던 일은 매우 유감스러웠다.

배 안에서는 비교적 편하게 지낼 수 있었다. 입춘立春으로부터 210일째가 되는 날[4] 고베神戸를 떠났기 때문에, 얼마간의 풍파는 각오를 하고 떠났지만, 날씨는 의외로 쾌청했기 때문에, 고베에서 다롄大連에 도착할 동안 거의 느긋하게 지낼 수 있었다. 갑판 위에는 젊은 영국 남성이 개를 안고 온화하게 잠들어 있었는데, 이를 보더라도 바다의 모습은 충분히 미루어 짐작할 수 있을 것이다.

"저 사람은 누구죠?"라고 사무장인 사지佐治 씨에게 묻자, "아 그는 영국의 부영사副領事라고 합니다"라고 알려주었다. 그가 정말로

---

4 【역주】210일(二百十日) : 입춘으로부터 210일째가 되는 날로, 대략 9월 1일경에 해당한다.

부영사일지도 모르지만, 그는 나에게 아름다운 22살의 청년 정도로밖에 보이지 않았다. 하지만, 그의 개는 매우 묘한 얼굴을 하고 있었다. 하긴, 견종이 불도그인 걸 어쩌겠나. 이미 그 시점에서 평범한 외모와는 인연이 없다고 할 수 있겠지. 따라서 딱히 그 녀석만을 탓하는 것은 잔혹한 일이지만, 한편으로는 그도 그럴 것이, 너무나도 기묘한 얼굴을 하고 있었다. 그 후 그 개는 주인과 함께 다롄으로 건너가 야마토大和호텔에 숙박했는데, 나는 그런 것도 전혀 모르고, 식당에 들어가 밥을 먹고 있을 때, 갑자기 그 얼굴과 딱 맞닥뜨리고는 화들짝 놀라고 말았다. 원래부터 개가 들어와서는 안 되는 식당이었지만 잘못 찾아 들어온 듯싶었다. 그 주인도 그때 식당에 있었는데, 주인은 많은 사람이 있는 곳에서, 언성을 높여 개를 꾸짖는 것이 비신사적이라고 생각했는지, 갑자기 그 묘한 얼굴을 한 녀석을 겨드랑이에 끼고 식당 밖으로 나갔는데 그 모습은 매우 우아했다. 그는 무거운 개를 마치 보따리처럼 가뿐하게 겨드랑이에 품고, 많은 사람들이 앉아 있는 식탁 사이를 큰 걸음으로 발소리하나 내지 않고 문 뒤로 사라졌다. 그 사이, 개는 짓지도 않았으며 낑낑대지도 않았다. 마치 탄력 있는 부드러운 기계가, 순순히 자연의 힘에 따르는 것처럼 얌전히 안겨 나가는 것처럼 보였다. 그 얼굴은 누차 얘기한 대로 기묘했지만, 행실은 매우 기품 있는 것이었다. 하지만 결국, 내가 그 개와 다시 마주치는 일은 없었다.

3

지루해져 갑판으로 나가 건너편을 바라보니, 개었다고도 흐렸다고도 할 수 없는 애매한 날씨 속에 검은 그림자가 연기를 내뿜으며 고요한 하늘을 검게 물들이며 움직이고 있었다. 한동안 그 자취를 바라보았으나, 이내 등의자藤椅子에 몸을 뉘였다. 예의 영국 남자가 오늘은 개를 의자 다리에 매어두고, 긴 다리를 그 위에 길게 뻗고 책을 읽고 있었다. 또 한 명의 외국인은 살롱에서 계속해서 무언가를 적고 있었다. 그의 아내는 어딘가에 가고 보이지 않았다. 미국 선교사 부부는 자리를 선장실 옆으로 자리를 옮겼다. 갑판 위는 여느 때와 마찬가지로 평온했다. 다만, 엔진 소리만이 발바닥에 울릴 만큼 강렬하게 울려 퍼지고 있었다. 그 소음 속에서도 나도 모르게 꾸벅꾸벅 졸았다.

잠에서 깬 뒤에는 살롱으로 돌아가 삽화가 들어 있는 미국 잡지를 집어 들었다. 그 옆에는 일본 잡지도 대여섯 권이 구비되어 있었다. 모든 책에는 사지문고佐治文庫라는 도장이 찍혀 있었는데, 사무장인 사지佐治 씨가 자신이 읽기 위해 상륙했을 때 구입하여 읽은 뒤에는 배의 도서관에 기부한다고 그에게서 직접 들었다. 그는 문학을 좋아하는 것 같은데, 나의 저서도 읽었다고 한다. 그가 친구인 구로야나기 가이슈畔柳芥舟와 같은 고향사람이라고 하기에 가이슈芥舟에 관해 조금 이야기를 나누었다.

다시 방을 나와 바다를 바라보았다. 그러자 아까 검은 그림자를 파도 위에 남기고 저 멀리서 움직이고 있던 배가, 바로 눈앞에 보인다. 배의 크기는 데쓰레이마루鉄嶺丸와 거의 같은 정도라고 생각되지만, 금세 이 정도로 따라잡힌 걸로 보아서는 속도는 상당히 느린 듯싶다. 난간에 턱을 괴고서 보고 있자니, 데쓰레이마루가 시시각각 따라잡고 있는 것을 잘 알 수 있다. 이윽고 노란색 글씨로 쓰여진 에이코마루嬰口丸라는 세 글자를 선명하게 읽을 수 있게 되었다. 얼마 안 있어 내가 탄 배의 뱃머리가 에이코마루의 선미를 앞질러, 선미로부터 선체 쪽으로 서서히 밀고 올라갔다. 배는 약 100미터 정도의 거리를 두고 거의 나란하게 나아갔다. 앞으로 7~8분여가 지나면 내가 탄 배는 완전히 에이코마루를 제치고 앞으로 나아갈 것 같았다. 약 100미터는 될 것만 같은 두 배 사이의 간격이 때때로 묘하게 가까워졌다. 건너편의 갑판에 있는 승객들의 그림자를 확실하게 셀 수 있을 만큼 가까워졌다. 보아하니 모두 하나같이 서양인이다. 그중에는 망원경을 꺼내 이곳을 바라보는 사람도 있었다. 그렇지만, 이내 망원경은 필요 없게 되었다. 머리색부터 얼굴 생김새까지, 갑판에 서 있는 사람은 서로 선명하게 서로의 얼굴을 바라볼 수 있을 만큼 배는 가까워졌다. 그 순간은 '너무나도 아름답구나!'라고 생각했으나, 갑자기 배가 지금보다 몇 배의 속도로 가까워지기 시작했다. 에이코마루嬰口丸의 선체가 바닷물을 얇은 계곡물처럼 가르며 6척尺(약 182cm) 정도의 눈앞의 거리에 검게 솟아오르는 순간, '아아 충돌하겠는데!'라는 생각이 들었다. 갑자기 건너편의 선수船首가 나의 눈앞을 스치듯 빠르게 지나며 다가와 결국에는 중등中等갑판의 모서리에까지 와서는 쿵하고는 부딪혔다. 그와 동시에 갑판 위에 매달려 있던 보트 두세 척이 뒤집혔다. 보트를 연결하고 있던 철봉은 아무렇게나 휘었다. 에이코마루의 선원은 손뼉을 치며, '와아' 하며 마구 소리를 질렀다. 나의 옆에 나란히 서 있던 외국인이, 기묘한 목소리로 'Damn'인지 뭐라고 하는 소리를 냈다.

한 시간 후 사지佐治 씨가 와서는, "나쓰메夏目 씨 '身をかわす(몸을 비켜 피하다)'의 'かわす(비켜 피하다)'는 어떤 한자로 써야 좋을까요?"라고 묻기에, "아아 그것은 말이죠"라고 대꾸했지만, 사실은 나도 잘 몰랐다. 환전為替의 '替체'라는 한자로 쓰면 좋을 것 같다고 대답하자 사지 씨는 납득할 수 없다는 얼굴로, "아니 그것은 물건을 교환할 때 사용하는 한자지요"라고 따지기에 나는 어쩔 수 없이, "그렇다면 그냥 히라가나로 쓰는 것이 좋지 않을까요?"라고 대답했다. 사지 씨는 어이가 없다는 듯 갸웃거리며 나갔다. 나중에 듣자 하니, 충돌에 대한 시말서에, 본 배는 몸을 피하고자 했으나 …… 라고 하는 문구를 넣고 싶었다고 한다.

4

배가 이다阪田 강기슭의 돌담 같은 곳으로 접어든 탓에 이곳은 마치 바다가 아닌 것같이 느껴졌다. 해안가에는 많은 사람들이 늘어서 있다. 그렇지만 그 대부분은 중국의 쿨리coolie[5]들로, 한 사람도 더러운데 둘 이상 모이니 더욱더 볼꼴사나웠으며, 이렇게나 많이 뭉쳐있으니 더더욱 거북스럽기 그지없다. 나는 갑판 위에 서서, 멀리서 이 군집을 내려다보며 속으로, '허참 정말 기묘한 곳에 도착했군!'이라고 생각했다. 그러던 중 배가 점점 강기슭에 가까워짐에 따라, 모자를 흔들어 지인에게 인사를 할 수 있을 만큼 가까워졌다. 선교사인 윈이라고 하는 사람의 아내가, "나카무라中村 씨가 아마도 마중 나오셨겠죠?"라고 웃으며 인사치레를 건넸으나, 전보도 보내지 않았고, 언제 도착한다고도 알리지 않은 나의 도착을 아무리 권세가 등등한 총재님이라도 예측할 수 있을 리 만무하다. 나는 난간에 턱을 괴고, '이제 어떻게 하나, 우선 제코是公의 집에 가서 여관을 물어본 뒤 그곳으로 향해야 할까?'라고 생각하고 있는 사이에, 배는 유유히 저 더러운 쿨리 무리 앞에 가로로 멈춰 섰다. 배가 멈추자마자, 쿨리들은 벌집을 들쑤셔 놓은 듯, 큰 소리를 내며 움직이기 시작했다. 그 갑작스런 소란에 조금 겁이 났지만, 어찌되었든 간에

---

5 [역주] 쿨리(coolie) : 육체노동에 종사하는 하층의 중국인·인도인 노동자. 19세기에 아프리카·인도·아시아의 식민지에서 혹사당했다.

상륙하지 않으면 안 될 운명이었기에, 어떻게든 되겠지라는 생각으로 여전히 턱을 괴고서, 이와 같은 해안가의 혼전을 바라보고만 있었다. 그러자 사지佐治 씨가 와서는 "나쓰메夏目 씨는 어디로 가시죠?"라고 물어왔다. "아, 일단은 총재님 댁에 가볼까 합니다"라고 대답할 무렵, 키가 크고 감색 하복夏服을 입은 멋진 신사가 와서는 주머니에서 명함을 꺼내며 정중하게 인사를 건네 왔다. 비서인 누마타沼田 씨였는데, 어찌할 바를 모르고 있던 나에게는 여간 다행한 일이 아닐 수 없었다. 누마타 씨는 이번에 고향에서 초청한 노인을 자택으로 안내하기 위해 배에 마중을 나오게 되었는데, 같은 데쓰레이마루鉄嶺丸에 내가 타고 있다는 것을 듣고, 일부러 만나러 온 것이다. "그럼 호텔의 마차로 가시죠"라고 누마타 씨가 사지 씨에게 말했다. 해안가 위를 보니, 아니나 다를까 마차가 늘어서 있다. 인력거도 많이 있었지만 인력거는 어차피 모두 저 소란스런 패거리들이 끄는 것으로, 내지內地[6]와 비교해 보자면 느낌이 매우 좋지 않았다. 대부분의 마차도 마찬가지로 같은 패거리들이 모는 모양이다. 그래서 그런지 하나같이 쿨리처럼 지저분하기 짝이 없었다. 특히 마차를 보자면, 그 옛날 러일전쟁 당시 러시아가 다롄大連에서 철수할 때, 마차들이 그대로 일본인에게 넘어가는 것을 우려해, 하나하나 정성스레 구덩이를 파고 그 속에 묻었던 것을 중국인들이 킁킁 거

---

6 [역주] 내지(內地) : 속령이나 식민지와 대비되는 말로, 일본 본토를 가리킴.

리며 냄새를 맡고 찾아다닌 끝에 하나 둘 파낸 것이라고 한다. 하나 하나 파낼 때마다 큰 난리였다고 하는데, 결국에는 다롄大連 전체를 종횡무진으로 끝없이 파댔다는 소문이었다. 하지만, 이는 어디까지 나 소문이었기 때문에 정말인지 아닌지는 알 수 없었지만, 그 어떤 소문보다 그럴 듯한 데다가, 더욱이 이 마차들을 보면 누구라도 그 소문에 납득할 수밖에 없을 만큼 진흙투성이였다.

개중에는 도쿄東京에서도 손쉽게 볼 수 없을 만큼 깨끗한 신형 마차가 두 대가 있었다. 마부는 훌륭한 제복에 빛나는 긴 부츠를 신고, 살찐 하얼빈산産 말의 고삐를 잡고 대기하고 있었다. 사지佐治 씨는 배에서 해안가에 걸린 다리를 건너서는 애써 일부러 그 수라 장을 뚫고 나를 깨끗한 마차에까지 데려다 주었다. "어서 타시죠" 라고 권유하고 나서는 이내 마부를 향해 총재님의 자택까지 보내 줄 것을 당부했다. 마부는 금세 채찍을 들었고, 마차는 이 아수라 장을 천천히 나아갔다.

5

문을 통과해 마차의 바퀴가 자갈 위에서 약간 삐걱거린다고 느 낄 무렵, 말은 큰 현관 앞에 조용히 멈췄다. 돌계단을 올라 입구에서자마자, 얼굴이 하얀 열대여섯 살 남짓한 급사가 튼튼한 떡갈나무로 된 문을 안쪽에서 열고는 나의 얼굴을 보며 인사했다. "벌써 돌아와 있는가?"라고 묻자, "아직"이라고 한다. '부재중이라면 어쩔 수 없지. 어떻게 하면 좋을까'라고 돌 위에 서서 머리를 갸웃거리고 있을 때, 뒤에서부터 발소리가 들리기에 돌아보자, 조금 전의 누마타沼田 씨가 있다. "자 들어가시지요"라고 하기에 안으로 들어갔다. 누마타 씨가 앞장서서 홀의 끝에 있는 두터운 문을 열었다. 그 문 안쪽에 머리를 들이밀고 들여다보니, 이것 참 터무니없이 넓다는 생각이 들었다. 숫자 개념에 약한 체질이기에 다타미[7] 몇 개 분량인지 도통 짐작할 수는 없어 확실히는 모르겠지만, 기다란 사찰의 본당쯤은 되겠다는 생각이 들었다. 이 넓은 저택이 단 한 장의 융단으로 덮여 있는데, 네 귀퉁이의 일부만이 화사한 직물의 색과 어울려 어둑하게 빛나고 있다. 이 큰 융단 위에 응접용 의자와 탁자가 달랑 두 곳에 놓여 있다. 한쪽 탁자와 다른 한쪽의 탁자는 마치 옆집의 객실만큼이나 떨어져 있다. 누마타 씨는 나를 그중 한쪽으로 안내하여 자리를 내어주었다. 위를 올려다보자 천장이 지나치다고 할 만큼 높다. 아니 높을 수밖에 없다. 방의 입구는 2층과 맞닿아 있는데, 2층의 난간으로부터 내가 앉아 있는 곳을 한 눈에

---

7 [역주] 다타미(畳) : 마루방에 까는 일본식 돗자리. 크기는 3자(91cm)×6자(182cm)로 된 것이 기본이지만, 용도 및 방의 크기에 맞게 다양하다. 일반적으로 방의 크기를 재는 기준이 된다.

내려다 볼 수 있는 구조로 되어 있기 때문에, 말하자면 나의 머리 위는 1층의 천장 겸 2층의 천장인 것이다. 나중에 설명을 듣고 나서야 알게 된 것이지만, 이 넓기 만한 응접실은 사실 무도회장으로, 이를 내려다보는 난간이 달린 2층은 악대가 음악을 연주하는 곳이라고 한다. 그렇다면 그렇다고 빨리 알려주었어야 안심했을 것을, 일언반구도 없이 갑자기 불상 없는 본당 같은 곳으로 안내를 받은 덕분에 깜짝 놀랄 수밖에 없었다. 나는 다롄大連에 체재 중 몇 번이고 이 방을 가로질러 제코是公의 서재를 향한 적이 있었는데, 깜짝 놀라는 것은 처음 한번으로 족했지만, 지날 때마다 이내 부처님을 떠올리곤 했다.

방을 들어가면서 보이는 오른쪽에는 대로변으로 창문이 나 있었으며, 좌측 한가운데에는 긴 막이 옆방 사이의 칸막이에 드리워져 있다. 정면에는 5척 정도의 분재盆栽가 두 점이 놓여 있으며, 그 옆에는 아름다운 모습의 장식품이 놓여 있다. 새끼 돼지 정도의 크기였는데, 이것은 마미아나狸穴[8] 지사支社의 응접실에서 본 것과 같은 것이었기 때문에, 한 쌍을 둘로 나눈 것이겠거니라고 생각했다. 그 외에, 기다란 막幕 위에는 큰 편액이 걸려 있다. 그 좌측 끝에는 작은 글씨로, 남만철도회사 총재 고토 신페이南満鉄道会社総裁後藤新平라

---

8   [역주] 마미아나(狸穴) : 도쿄(東京) 미나토구(港区)에 위치한 지명. 고급 주택지로 러시아 대사관이 있다. 러시아 대사관의 별칭이기도 하다. 魔魅穴 혹은 猫穴라고도 쓴다.

고 쓰여 있다. 그 서체는 샹하이上海 근처에서 볼 수 있는 간판과 유사하며, 자획이 훌륭한 조화를 이루고 있다. '고토後藤 씨도 만주에 왔었던 만큼 글씨가 늘었구나!'라고 감탄했으나, 사실 내가 감탄한 것은 고토 씨의 휘호가 아니라, 청국 황제의 친필이었다. 오른쪽 위에 있는 하사下賜라는 글씨를 보지 못한 데다가, 고토後藤 씨의 이름이 너무 작았기 때문에 그만 실례를 하고 말았다. 고토 씨도 말이지, 청국의 황제를 만나서 이렇게나 초라하게, 게다가 반말로 불려서는 곤란하다. 높은 사람으로부터는 함부로 하사받는 것 따위는 하지 않는 편이 좋겠다고 생각했다.

누마타沼田 씨는 급사를 불러 이곳저곳에 전화를 걸게 하여, 제코 是公의 행방을 수소문해 주었으나, 전혀 알 수가 없다. 미국의 함대가 항구 내에 정박하고 있는데, 이들을 환영하기 위한 야구 시합이 오늘 있기 때문에, 시합을 보러갔을지도 모른다는 이야기였다.

그러는 와중에 넓은 응접실이 이윽고 어둑어둑해지기 시작했다. "자, 그러면 방에라도 가셔서 기다리시죠. 그렇지만, 이곳은 회사 숙소이고 하니, 역시 야마토大和호텔로 가시는 편이 좋으시겠죠?"라고 누마타 씨가 친절하게 직접 나를 호텔까지 안내해 주었다.

6

목욕물을 데워주었기에, 오래간만에 소금기 없는 물에서 한참
을 늘어져서 자고 있노라니, 누군가가 욕실의 문을 똑똑 하고 두드
린다. 지금까지 욕실에서 누군가의 방문을 받아본 적이 없었기 때
문에, 욕조 안에서 몸을 일으킨 채로 다소 망설이고 있자니, 노크
를 한 쪽도 어떻게든 최대한 예의를 차리지 않으면 안 되겠다고 생
각했는지, 다시금 똑똑 하고 노크를 한다. 아무리 노크를 한다고
해도 설마 알몸으로 뛰쳐나가 욕실의 자물쇠를 열 수도 없는 노릇
이기에, 욕조 안에서 큰 소리로, "어이 무슨 일인가?"라고 용무를
물어보았다. 그러자, 간유리 건너편에서 "문 좀 열어보게"라는 목
소리가 들렸다. '이 목소리라면 열어도 지장이 없겠지'라고 생각
하여, 몸 전체에서 물방울을 흘리며 알몸으로 자물쇠를 열자 아니
나 다를까 제코₤公가 지팡이를 짚고 문 앞에 서 있다. 그는 "온다면
전보라도 한통 보냈으면 좋았을 것을……"이라고 말한다. "어디
에 갔었나?"라고 묻자, 야구를 보고 그 후에는 뱃놀이를 했다고 인
사를 건넨다. "밥을 먹었으면 놀러오게나, 안내 할 테니"라고 하기
에 "알겠네"라고 대답하고는 다시 문을 잠갔다. 그러면서, "이보게
이 호텔은 조금 답답하다네, 유카타浴衣만 입고 어슬렁거리는 것이
금지되어 있거든"이라고 하자, 그는 "여기가 싫다면 료토遼東호텔
로 가게나"라고 말하고는 돌아갔다.

예의 시각에 식당으로 내려가 밥을 먹을 때, 처음 보는 서양인과 합석하게 되었다. 그 남자가 "죄송합니다, 아무리 해도 재채기가 나네요"라며 손수건을 코에 대었으나, 재채기는 여간해서 나오지 않았기 때문에 나는 마음속으로 재채기가 얼른 나오라고 기원해 주었다. 그 남자는 자신을 영국인이라고 했다. 그리고 당신은 뤼순 旅順에 가본 적이 있느냐고 나에게 물었다. 뤼순에 가본 적이 없다면 알려주겠는데, 언제 기차로 가서 어디어디를 보고 그러고 나서 언제 열차로 돌아오면 좋다고, 자신의 일정 그대로 자세하게 이야기를 들려주었다. 나는 "그렇군요"라고 하며 연신 끄덕였다. 이어서 당신은 모지門司에 가본 적이 있느냐고 물었다. 그리고 이제 그곳에서는 석탄이 많이 나오지 않느냐고 물었다. 많이는 나지 않는다고 대답했다. 사실 많이 나는지 어쩐지는 잘 몰랐다.

잠시 후, 당신은 뤼순旅順에 가본 적이 있느냐고 똑같은 질문을 해 왔다. 다소 이상했지만, 귀찮아서 "아니 아직"이라고 나도 아까의 대답과 똑같이 대꾸해 두었다. 그러자 "뤼순에 가려면 오전 8시와 11시 기차가 있는데 ……"라고 아까와 조금도 다르지 않은 가이드 같은 소리를 한다. 조금 전의 일도 있고 해서, 나도 조금 전과 다름없이 연신 고개를 끄덕였다. 마지막으로 그는 돌연 당신은 일본인이냐고 물어보았다. 나는 그렇다고 솔직하게 대답했으나, 그렇다면 지금까지 어느 나라 사람이라고 생각한 것일까라는 생각에 조금 불안해졌다.

내가 일본인이라는 소리를 듣자, 이 남자는 자기도 40년 전에 요코하마橫浜에 간 적이 있는데, 일본인들은 너무나도 정중하고 친절하고 예의 바르기에 정말로 모범적인 국민이라는 등의 칭찬을 계속해서 늘어놓기 시작했다. 모처럼의 기회라고는 생각했지만, 제코是公와의 약속도 있고 해서, 적절한 시기를 보아 대화를 일단락 짓고 이 노인과 헤어졌다.

밖으로 나오자, 아카시아 잎이 상쾌한 밤공기 속에 조용히 떨어져 있었고, 인도를 걷는 사람들의 발소리가 건너편에 울려온다. 어둠 속에서 하얀 옷을 입은 서양인이 마차를 타고 나타났다. 아마도 호텔로 돌아가는 것이리라. 말은 현관 앞에 두고 온 듯하다. 제코 저택의 옥상에 솟은 가늘고 긴 탑은 검푸른 하늘의 한편을 검게 물들이고 있었고, 다롄大連에서 처음 맞이하는 가을 하늘에는 내지內地에서 볼 수 없는 깊은 색의 저편에 많은 별들이 반짝반짝 빛나고 있었다.

7

얼마 전부터 미국의 함대 4척이 와 있어서, 매일 이것저것 하면서 접대를 하고 있었는데, 내일 밤에는 무도회를 열 예정이니 와서

보라고 제코是公가 권유했다. "나와 보라니, 연미복은커녕 아무것도 갖고 오지 않았으니 안 되겠네"라고 거절하자, 제코가 "답답한 녀석이로군!"이라고 한다. 연미복은 런던 유학 중에 토튼햄 코트 로드Tottenham Court Road의 싸구려 양복점에서 가장 싼 녀석으로 마련한 적은 있지만, 그 이후 옷장 밑 깊숙한 곳에 넣어 두었을 뿐으로, 아무리 절친한 친구라고 해도 내가 연미복을 갖고 있는지 여부를 알 리가 없다. 아무리 다롄이 첨단 유행을 달린다고 해도, 도쿄東京를 떠날 때, 이 낡아빠진 연미복이 필요할 거라고는 생각지 못했기 때문에, 역시나 옷장 속 깊은 곳에 넣어 둔 채 떠나 왔다. "자, 그렇다면, 내 하카마袴9와 하오리羽織10를 빌려줄 테니, 일본식 정장으로 오게나, 일단 와서 어떤 차림이든 간에 보아 두는 편이 좋아"라고 제코是公는 어떻게든 나를 끌어내리려고 한다. 모처럼 참석할 바에야 춤을 추지 않으면 재미없으니, 일본식 정장은 역시 그만두는 편이 좋겠다고 말하고 싶었지만, 제코는 고지식해서 정말로 그렇게 할 듯싶어, 그냥 하오리羽織와 하카마袴는 안 되겠다고 거절했다. 제코는 그럼에도 불구하고 어떻게든 무도회를 보여주고 싶었는지, 다음날 오후 회사 2층에서 우에다上田 군을 붙잡고는 "자네의 연미복을 이 녀석에게 빌려줄 수는 없겠는가? 자네 정도라면

---

9 [역주] 하카마(袴) : 일본 전통옷의 겉에 입는 하의. 허리에서 발목까지 덮으며, 넉넉하게 주름이 잡혀 있고, 바지처럼 가랑이진 것이 보통이나 스커트 모양의 것도 있음.
10 [역주] 하오리(羽織) : 일본 전통옷 위에 입는 짧은 겉옷.

딱 맞을 것 같은데 말이야"라고 말했다. 우에다 군도 이와 같은 갑작스런 제안에 기가 찼음에 틀림없다. 웃으면서, "아니요 제 것이 누구에게 어울릴 리가 없습니다"라고 겸손하게 사양했다.

무도회 건은 그렇게 마무리 되었지만, 얼마 안 있어, 이번에는 이제부터 클럽에 데려가 주겠노라고, 여느 때처럼 대접하겠다고 나서기 시작했다. 상당히 늦은 시간이라고는 생각되었지만, 같은 자리에 있던 구니자와国沢 군도 같이 가자고 권유를 받았기 때문에, 셋이서 시원한 밤의 전등 밑으로 나왔다. 넓은 길을 한두 거리 걸으니 니혼바시日本橋가 나왔다. 이름은 니혼바시였지만 실은 완전히 서양식인 데다가, 유럽 한복판에서나 볼 수 있을 것만 같은 우아하면서도 튼튼하게 지어진 다리였다. 셋은 다리의 바로 앞에 있는 벽돌 건물로 들어갔다. '누군가 있을까?' 하고 당구장을 들여다보았으나, 단지 전등만이 밝을 뿐 당구공 소리는 들리지 않았다. 독서실에 들어갔지만, 마찬가지로 서양의 잡지가 질서 있게 정렬되어 있을 뿐, 페이지를 넘기는 사람의 그림자는 찾을 수 없었다. 장기 및 카드게임을 하는 곳에도 들어가 앉아 보았으나, 의자도 탁자도 우리 셋을 제외하고는 하나같이 비어 있다. 오늘은 시간이 늦어 서양인이 없으니 따분하다고 제코是公가 말한다. 제코의 회화실력이 형편없다는 것은 천하가 다 아는 일이기 때문에 이상하다고 여겨, "자네 항상 여기를 드나들며 외국 녀석들과 교제하는가?"라고 묻자, "아니 와본 적은 없다네"라고 속삭였다. 그렇다면 서양인이 없어서 따분하기는커녕, 없어서 잘 됐지 않느냐고 묻자, "이래 보여도 내가 이 클럽의 회장이라는 말이지. 출석하지 않아도 좋다는 조건으로 회장이 됐노라"고 태평하게 말한다.

회원의 명패를 보니 아니나 다를까 외국인 같은 이름이 많다. 구니자와国沢 군은 큰 책을 펼쳐 나의 이름을 적게 하고는, 제코에게, "자네도 여기에"라며 재촉했다. 제코는 "좋지!"라고 대답하고는 자신의 이름 앞에 'proposed by'라고 적었다. 거기에 더해 구니자와 군이 마찬가지로 'seconded by'라고 추가했다. 그 덕분에 나는 다롄大連 체재 중 언제든지 클럽에 출입할 수 있는 자격이 생겼다.

그러고는 셋이서 바로 향했다. 바는 중국인이 운영하고 있다. 영어인지 중국어인지 일본어인지 알 수 없는 말로 주문을 하고, 기묘한 빨간 술을 마시면서 이야기를 나눴다. 술에 취해 밖으로 나가자, 짙었던 하늘색은 더욱더 짙어졌고 날은 구름 하나 없이 개어, 전에 본 적 없이 깊고도 높은 곳의 별 빛을 볼 수 있다. 구니자와国沢 군이 특별히 호텔의 현관까지 배웅해 주었다. 현관에 들어가자, 마침 정면의 시계가 12시를 알려왔다. 구니자와 군은 12시를 알리는 종을 들으면서, "그럼 안녕히 주무십시오"라는 말을 남기고 돌아갔다.

8

호텔 현관에서 제코是公가 "마차를 부탁하네"라고 말하자, "브로엄11으로 모실까요?"라고 급사가 물었다. "아니 위가 트인 녀석이 좋다네"라고 지시한다. 나는 돌계단 위에 서서, 현관에서부터 일직선으로 니혼바시日本橋까지 이어져 있는 넓은 길을 바라보았다. 확실히 다롄大連의 태양은 내지內地의 태양보다 눈앞을 밝게 비춘다. 태양은 저 멀리에 있지만, 그 빛은 오히려 가깝다라고도 해도 좋을 만큼 공기가 투명해서, 거리도 나무도 건물의 옥상도 벽돌들도 저마다 선명하게 눈앞에 펼쳐진다.

이윽고 말발굽 소리가 들렸고, 제코의 마차는 둘 앞에 멈춰 섰다. 우리 둘은 이 산뜻한 공기를 뚫고 사뿐히 흔들리며 니혼바시를 건넜다. 다리의 저편은 시가지이다. 시가지를 지나면 남만철도회사의 본사가 나온다. 마차는 시가지로 진입하지 않고, 곧바로 오른쪽으로 꺾었다. 정신을 차리고 보니, 저 멀리 반대편의 언덕 위에는 높은 오벨리스크가 흰색의 검처럼 푸른 하늘 높이 치솟아 있다. 그 안쪽에는 마찬가지로 흰색의 큰 건물이 보인다. 지붕은 검붉은 색으로 칠해져 있었다. 오벨리스크에 약간 못 미친 곳에는 아름다운 다리가 걸려 있었다. 집도 탑도 다리도 모두 같은 색으로, 저마

---

11 [역주] 브로엄(Brougham) : 마차의 한 종류로 상자형 객석이 달린 마차를 말 한 필이 끌던 과거의 사륜마차.

다 강한 햇살을 받아 반짝이고 있다. 나는 멀리에서 이 세 건축물의 위치와 관계 그리고 모양을 보고, 그 훌륭하게 균형 잡힌 모습에 감탄했다.

"저건 뭐지?"라고 마차 위에서 묻자, "저것은 전기공원이라고 하는데, 내지內地에도 없는 것"이라고 한다. 전기를 통해 여러 가지 오락을 즐길 수 있는데, 다롄大連의 사람들을 위로하기 위해 회사가 설치한 것이라는 설명이다. 전기공원에는 거부감이 들었지만, 내지에도 없다고 할 정도라면 아주 진기한 것임에 틀림없다는 생각이 들어, 그 오락이라는 것은 무엇을 하는 것인지 거듭 묻자, 오락이란 말 그대로 오락이지라고 대답하는데, 뭔가 조금 수상하다. 한층 더 깊게 추궁하자, 총재도 잘 모르는 듯 했다.

그러는 동안, 마차는 전차의 궤도를 깔고 있는 곳으로 나아갔다. 전차도 전기 공원과 마찬가지로 이번 달 말에 개장하는데, 회사는 지금 중국인 차장 및 운전수를 고용하여 훈련을 위해서 특정 노선에 한해 시운전을 시키고 있다고 한다. '잃어버린 물건은 없으신지요? 열심히 일하겠습니다'라는 말 등을 중국인에게 연습시키는 데에 한창이었다. 궤도가 여기까지 이어져 있다는 점에는 딱히 이상할 것도 없지만, 자세히 보니 궤도를 설치하는 방식이 다소 다른 듯하다. 우선, 내지內地처럼 바닥에 돌을 깔지 않는 설계 방식인 듯했다. "화강암이 다 떨어진 건가?"라고 질문하자, "농담을 해서는 곤란하지"라고 곧바로 핀잔을 준다. "이게 최신식의 설치방법인

데, 토대를 어찌 어찌 해서는 궤도와 궤도 사이를 합금으로 처리해

전 선로를 단 하나의 긴 봉으로 하여 ……"라고 마치 자신이 기사技

師라도 된 것처럼 자랑이다. "역시나 내지로부터 온 사람은 촌놈

취급을 받아도 어쩔 수가 없다. 그것 참 대단하다"고 진정으로 감

탄하자, "기사를 믿고 조금도 참견하지 않고 그들의 생각대로 할

수 있게 배려했기 때문에 이러한 것이 가능했지"라고 한다. 내지

에서는 무엇이든지 성가시게 간섭을 해대는 녀석들이 많은 모양

이다.

　마차가 언덕을 오른다. 그곳에는 아직 도로가 완성되어 있지 않

았기 때문에, 만주滿洲 특유의 황토가 금세 구두에서 바지 자락에

까지 미세하게 쌓였다. 이 주변도 얼마 안 있어 곧 호텔 앞처럼 활

기찬 거리로 변화하겠지만, 그런 말을 했다가는 제코是公가 더더욱

의기양양해 질뿐이기에, 짐짓 입을 다물었다.

9

　"이것은 정제하지 않은 콩기름이고, 이쪽은 정제한 콩기름입니

다. 색이 다를 뿐만 아니라, 그 향도 다소 다릅니다. 냄새를 맡아보

세요"라고 기사가 말하기에 냄새를 맡아보았다.

"용도가 다른가요?"라고 묻자, "아 예, 요리용이죠. 외국에서는 동물성 기름이 고가이기 때문에, 이것이 실용화되면 유용할 것입니다. 무엇보다 매우 저렴하죠. 이 정도가 올리브 오일의 몇 분의 일의 가격에 해당하기 때문입니다. 게다가 효과는 양쪽 모두 동일합니다. 그런 면에서 볼 때 콩기름은 매우 중요하다고 할 수 있습니다. 그리고 이 기름의 특색은 다른 식물성 기름처럼 소화에 나쁘지 않습니다." 동물성 기름과 마찬가지로 소화가 잘 된다고 하니, 갑자기 콩기름이 달가워졌다. 이것도 역시 튀김 등에 사용할 수 있냐고 묻자, 물론 가능하다고 대답했다. 그래서 가까운 장래에 한번 콩기름으로 튀긴 튀김을 먹어보아야겠다고 생각하며 그 방을 나섰다.

막 문을 나설 찰나, "거추장스럽겠지만 가져가세요"라며 얇고 긴 봉투를 내밀기에, 무엇인가 싶어 그 자리에서 열어 보았더니, 비누 세 개가 나란히 들어 있다. 이것도 역시 같은 재료로부터 만든 비누라고 설명했다. 보통의 비누와 딱히 다를 것이 없는 듯 보였기 때문에, 그저 끄덕이며 바라보기만 했다. 그러나, 이 비누의 재미있는 점이 소금물에도 녹는 특별한 것이라고 하는 추가설명을 듣고 나니, 갑자기 받아가고 싶어져서 얼른 봉투를 닫았다.

누에로부터 얻은 실을 나열하며 "이것이 종래의 실입니다"라고 하는 것을 보니, 역시나 색이 검었다. 그러나 이쪽은 정제한 것이라며 옆에 내놓은 것을 보니 새하얗다. 게다가 매듭도 없다. "이것으로 짠 것이 있습니까?"라고 물어보자, 공교롭게도 없다고 한다. "그렇다면 만일 짠다면 어떻게 될까요?"라고 묻자, 하부타에羽二重¹²와 같은 것이 될 것이라고 한다. 누에로부터 하부타에羽二重를 짤 수 있게 되어, 그것을 내지內地 가격의 반값에 구입할 수 있다면 반드시 더할 나위 없이 좋을 것이다.

도기陶器를 만들고 있는 방도 있는 듯 했으나, 지금은 거의 시험 중으로 그곳에는 중품中品도 상품上品도 없는 듯 했다.

중앙실험소를 나와, 대여섯 정町¹³(약 550~650m)을 지난 후, 마차에서 내려 풀숲 사이로 들어간다. 길이 없는 계곡을 내려가, 발 디딜 곳이 없는 언덕을 오르자니 땀이 나서 얼굴이 얼얼해 졌다. 게다가 위胃가 계속해서 아파온다. 제코是公에게 물어보니 사격장에 데려간다고 하는데, 언제나 좋은 곳에 데려가 주고자 하는 그의 호의를 생각해서 배가 아픈 것을 참았으나, 목적지의 집에 도착하자마자 의자에 주저앉고 말았다. 제코는 계속해서 총에 관한 이야기를 하는 듯 했으나, 도무지 머리에 들어오지 않는다. 어쨌든, 이 집만은 회사로부터 기부 받았으며, 이래보여도 2~3천 엔이나 들었다고 하는 이야기나 되어서야 이윽고 귀에 들어오기 시작했다.

그곳에 지저분한 중국인 두세 명이 예쁜 새장을 손에 들고 나타

---

12 [역주] 하부타에(羽二重) : 질 좋은 생사로 짠, 얇고 반드러우며 윤이 나는 순백(純白) 견직물의 한 가지.
13 [역주] 정(町) : 거리의 단위. 1정은 1간(間)의 60배로 약 109미터.

났다. "중국인이라고 하는 것들은 풍류가 있단 말이야. 입을 것도 없는 비렁뱅이 주제에, 새를 들고서 산중에 기어 들어와서는 새장을 나뭇가지에 걸고 그 아래 앉아서 먹지도 않고 얌전하게 새 소리를 듣고 있는 다니까. 그것이 만일 둘이라도 모일라치면 새 울음소리 겨루기를 한다는 말이지. 그것 참 고상하다니까"라고 계속해서 중국인을 칭찬한다. 나는 주머니에서 위장약을 꺼내서 먹었다.

10

마사키 공政樹公[14]이 다롄大連의 세관장稅關長이 되었다는 소리를 듣고는 다소 놀랐다. 마사키 공과는 10년 전에 샹하이上海에서 만난 이후로 소식이 없었다. 그때 마사키 공은 로버트 허트 경의 부하로, 마찬가지로 그곳의 세관에서 근무하고 있었다. 마사키 공이 대학을 졸업한 것은 나보다 2년 앞선 일로, 둘 다 영문과 출신이었기 때문에 직업이 다름에도 불구하고 비교적 인연이 있었다.

마사키 공의 성은 다치바나立花로 야나가와번柳川藩[15] 출신이기

---

14 [역주] 다치바나 마사키(立花政樹)(1865.9.21~1937) : 일본 최초의 영문과 졸업생으로, 1891년(메이지(明治) 24년) 7월 10일에 제국대학(帝國大學) 문과대학 영문과를 졸업했다.

때문에, 훌륭한 사무라이 가문의 사람임이 틀림없다. 그럼에도 불구하고 왜 다치바나 씨라고 부르지 않고, 마사키 공이라고 부르는가 하면, 같은 시기 같은 문과文科에, 같은 번藩에서 온 같은 성씨姓氏를 가진 다른 남자가 있었기 때문이다. 게다가 둘 다 기숙사에 들어가 있었던 까닭에 다치바나立花 군이나 다치바나 씨라고 불러서는 혼동하기 쉬웠다. 그래서 한쪽을 마사키政樹라는 이름에서 따와서 마사키 공政樹公이라고 부르고, 다른 한쪽은 산자부로銑三郎라고 하는 별명을 갖고 있었기 때문에, 센銑 씨 센 씨라고 불렀다. 어째서 한쪽은 ~공公이라고 부르고, 다른 한쪽은 ~씨라고 불렀는지는 잘 모른다. 센 씨는 나와 거의 동시에 서양으로 유학을 떠났으나, 불행하게도 폐병에 걸려 귀국길에 홍콩에서 유명을 달리한 까닭에, 마사키 공만이 남게 되었다. 그래서 마사키 공이라고 부르는 것을 그만두고, 다치바나 군이라고 부른다고 해도 조금도 혼란스러울 것은 없었지만, 무심코 다치바나보다는 마사키 공 쪽이 먼저 튀어 나온다. 역시 내가 나카무라中村를 총재總裁라고도 하지 않고, 제코是公라고 부르는 데 익숙한 것과 마찬가지가 아닐까 싶다.

　"이쪽으로 오시지요"라고 하는 안내에, 둘은 마차에서 내려 세관으로 들어가 보니 때마침 공교롭게도 마사키 공은 조금 전에 몸이 좋지 않다던가 하여 집으로 돌아간 뒤였다. 이쪽 사정도 있고,

---

15　[역주] 야나가와번(柳川藩) : 지금의 규슈(九州) 후쿠오카현(福岡縣) 남부에 위치했던 에도(江戶)시대의 봉건제도하의 영지 중 하나.

와병 중인 사람에게 폐를 끼치는 것도 본의는 아니었기에, 다시 날을 잡아 세관을 찾았다. 이어서 마차가 남만주철도회사의 본사에 도착했다. 넓은 사다리 모양의 계단을 통해 2층으로 올라가 오른쪽으로 꺾어나가, 막다른 곳에서 다시 왼쪽으로 나아가자, 첫 번째가 중역重役의 방이었다. 중역은 도쿄東京에 갔으나 다른 이들은 모두 나와 있다. 그들을 하나하나 소개해 주었다. 그중에는 일전에 보았던 다나카田中 군의 얼굴을 기억하고 있다. "어떠셨나요?"라고 처음 다롄大連에 도착했을 때의 감상을 들려달라고 하기에, "그렇지요, 배에서 이곳까지 올라오는 길은 마치 불타고 남은 자리와 같지 않습니까?"라고 솔직하게 대답하자, 그곳은 군용지라서 건물을 지을 수 없기 때문에, 모두 그렇게들 느낀다고 알려주었다.

　잠시 의자에 앉아서 얌전하게 집무 광경을 보고 있자니, 곧 점심때가 되었다. 식사를 하자며 식당으로 안내를 받았다. 안내해 주는 자리에 앉아 냅킨을 들자, 급사가 와서는 "그것은 구니자와国沢 씨의 것이니 이내 새로운 것을 가져다 드리겠노라"고 한다. 식당은 회사의 외부 2층에 해당하는 큰 방으로, 밤이 되면 무도회장으로 변할 만큼 넓은 곳이었다. 이곳은 사원 전체에게 공개되어 있다고 하는데, 같은 식당에 앉은 사람의 수를 보니 약 30명에 지나지 않았다. 이 숫자로부터 추측하건대, '혹시 입장 제한이라도 있는 것은 아닐까'라고 생각했던 것은 나의 상상에 지나지 않았다.

　요리는 야마토大和호텔에서 가져온다고 하는데, 동석한 30여 명이 모두 같은 접시를 마주하고 있다. 나이프와 포크를 다른 사람만큼 움직였음에도 불구하고, 위胃의 통증으로 인해 사실 고기도 야채도 그저 목에 쑤셔 넣는 형편이었다. "하나 들어보세요"라고 건너편의 다나카田中 군이 표주박 모양의 서양배를 권했을 때에는, 손을 댈 용기조차 나지 않았다.

11

가와무라河村 조사과장에게 가서 인사를 하자, 가와무라 씨는, "자 앉으세요"라고 의자를 권하면서, "무언가 조사를 하고 계신가요?"라고 정중하게 물었다. 나는 무언가 조사를 할 정도의 인간이 되지 못하기에 이 질문을 받았을 때에는 정말이지 송구스러웠다. 방금 전에 중역실에 가와무라 씨가 들어왔을 때, 제코是公가 나를 소개하면서, "가와무라 씨 나중에 그에게 남만철도회사의 사업 분야와 그 외의 것들에 관해 설명해 주세요"라고 한 것이 발단이 되어 결국 조사과에 오게 되긴 했지만, 사실 나는 세인에게 널리 알려져 있는 바와 별반 다르지 않은 인간이기 때문에, 이처럼 진지하게 어떤 방면의 연구를 하고자 하느냐는 질문에는 당황할 수밖에 없다. "그렇지요"라고 대답했으나, 모두 익히 알고 있는 것처럼,

결코 나쁜 뜻으로 집적대기 위해 온 것이 아니었기 때문에, 가와무라 씨를 모욕하고자 농담을 할 수 없다. 나는 어쩔 수 없이 짐짓 점잔 빼는 얼굴로, "회사가 시행하고 있는 다양한 사업일반에 관한 지식을 얻고 싶다"고 말했다. 라기보다는 실은 그렇게 말할 수밖에 없었다. 원래부터가 내심 확고한 각오가 있어서 한 말이 아니기 때문에, 점잔 뺀 얼굴과는 달리 그 내용은 심히 촌스럽고 어설프고 경박했음이 틀림없다. 다만, 지금 돌이켜 생각해 보아도, 그 당시의 나의 거동 및 태도는 매우 침착했기 때문에, 가와무라 씨에게는 내가 마치 정신을 바짝 차리고 있는 것처럼 보였을 것이라는 자각에 조금은 흐뭇하다. 사람을 속이고는 끝까지 모르는 척 시치미를 떼는 것은 좋지 않은 일이기 때문에 이 자리를 빌려 속죄를 하고 싶지만, 사실 그때는 위胃가 쿡쿡 찌르는 듯이 아파서, 말의 억양에 주의하며 활기차게 말하려고, 그리고 몸에 억지로라도 활기를 불어 넣으려고 했지만, 아무리해도 몸이 제 멋대로 가라앉아버리는 통에 내가 어찌해 볼 도리가 없었다.

　바로 그때, 큰 인쇄물 대여섯 권이 눈앞에 나타났다. 맨 위에는 '제1회 영업보고'라고 쓰여 있다. 분명히 두 번째에는 제2회, 세 번째에는 제3회, 그리고 4권 째에는 제4회 영업보고라고 쓰여 있음이 틀림없다. 이 커다란 책자를 책상 위에 두고, "대략 이 정도면 아시겠습니까?"라고 가와무라河村 씨가 말을 꺼냈을 때에는, 정말 큰일이라고 생각했다. 지금 이렇게 위胃가 아픈 와중에, 이처럼 대량의 영업보고를 연구하지 않으면 안 된다니, 도저히 견뎌낼 수 없을 것 같다.

나는 아직 영업보고를 펼쳐보기 전에, 재빨리 지혜를 짜내어 이렇게 말했다. "나는 전문가가 아니기 때문에, 그렇게 상세한 자료를 보아도, 여간해서는 그 내용을 알 수가 없습니다. 따라서 나는 단지 여러분이 여러 방면에서 어떤 식으로 일을 하고 계시는지, 그 상황을 전체적으로 훑어볼 수 있으면 좋겠다고 생각합니다. 그러니 꼭 봐야 할 부분을 귀찮으시더라고 적어주시지 않겠습니까?"

가와무라 씨는, "아 그렇습니까?"라고 흔쾌히 적어 주었다. 그때 어디선가 갑자기 기묘하고 작은 남자가 나타나서는, "어이!"라고 말을 걸었다. 돌아보니 마타노 요시로股野義郎였다. 예전 '고양이'¹⁶를 집필할 때, 작중에서 지쿠고노쿠니筑後の国¹⁷의 구루메久留米에 살고 있는 사람 중에 다타라 산페이多々羅三平라고 하는 기인이 있다고 떠벌인 적이 있다. 당시 마타노股野는 미이케三池의 탄광에서 일하고 있었으나, 어찌된 영문인지, 다타라 산페이가 바로 마타노 요시로股野義郎라고 하는 말이 갑자기 퍼져서는, 끝내는 마타노를 붙잡고서는 "이보게 다타라多々羅 군"이라고 부르는 사람마저

---

16 【역주】 나쓰메 소세키(夏目漱石)의 대표작 중 하나인『나는 고양이로소이다(吾輩は猫である)』를 가리킨다.
17 【역주】 지쿠고노쿠니(筑後の国) : 지쿠고노쿠니(筑後国)라고도 하는데, 예전 일본의 지방행정구역의 하나. 현재의 후쿠이현(福岡県)의 남부에 해당한다.

속출하는 지경에 이르렀다고 한다. 그래서 마타노는 이에 크게 분개하여, 급히 나에게 편지를 보내서는 이를 제발 취소해 달라고 요청해 왔다. 나도 딱하다는 생각이 들었지만, 다타라 산페이의 건을 하나하나 삭제하려면 모든 책을 새로 찍어내지 않으면 안 되었기 때문에, 간단명료하게 다타라 산페이는 마타노 요시로가 아니라고 하는 신문광고를 게재하면 안 되겠느냐고 문의하자, 안 된다는 대답이 돌아왔다. 그 후에 서너 번 맹렬한 편지를 주고받은 끝에 다음과 같은 조건을 내걸어왔다. 자신이 산페이三平라고 오해를 받는 것은, 둘 다 지쿠고筑後의 구루메久留米에 살고 있기 때문이다. 다행이 히젠肥前 가라쓰唐津에 다타라노 하마多々羅の浜라는 지명이 있으니, 하다못해 산페이의 호적만이라도 그쪽으로 옮겨주게. 이 이상은 절대 양보할 수 없다고 하기에, 나는 끝내 산페이가 히젠 가라쓰의 주민이라고 고칠 수밖에 없었다. 지금이라도 '고양이'를 읽어보면 알 수 있다. 히젠 가라쓰에 살고 있는 다타라 산페이多々羅三平라고 분명히 고쳐져 있다.

이러한 까닭에 나와는 인연이 깊은 마타노股野와 설마 이곳에서 난데없이 만날 줄은 전혀 생각지도 못했다. 게다가 집에 초대되어 식사를 대접받고, 2~3일간 아침부터 저녁까지 극진한 안내를 받았는데, 묵은 논란을 잊고 옛 정을 되살릴 수 있었던 것은 기대도 하지 못했던 행복한 일이었다. 사실, 나는 마타노가 아직 푸순撫順에 있는 줄로만 알고 있었다.

나는 다롄大連에서 볼 만한 남만주철도의 사업 및 그 외의 것에 관해, 여기 가와무라阿村 씨와 마타노에게 도표와 같은 형태로 받아보았다.

12

배가 계속해서 아파서 침실로 돌아가 긴 의자 위에 누워 있자니, 창문을 두드리는 빗소리가 점차 거세어졌다. '이래서는 무도회에 가는 사람들도 상당히 고생하겠구나'라는 생각이 들어 누운 채로 포켓에서 초대장을 꺼내 바라보았다. 그림엽서 정도의 크기의 두툼한 종이에는 우타마로歌麿[18]의 미인도가 선명한 색으로 인쇄되어 있다. 다른 면에는 "나카무라 제코中村是公와 부인의 연명連名으로 나쓰메 긴노스케夏目金之助를 초대합니다"라고 쓰여 있다. 잘도 이런 것을 준비할 시간이 있었군! 이라고 감탄하고 나서 꾸벅꾸벅 졸고 있자니, 사환 대표가 와서, "지금 총재님께서 전화로 오늘 밤 무도

---

18 [역주] 기타가와 우타마로(喜多川歌麿)(1753~1806.10.31, 호레키(宝曆) 3년~분카(文化) 3년 9월 20일) : 에도(江戸)시대에 활약한 우키요에(浮世絵) 화가의 대표적인 인물. 아명은 이치타로(市太郎)이며 후에 유스케(勇助)로 개명. 이름은 요시노부(信美). 섬세하고 우아한 필치를 특징으로 하며, 다양한 자태와 표정의 여성미를 추구한 미인화의 대가.

회에 오시느냐고 물으십니다만 어떻게 할까요?"라고 묻기에, "가지 않는다고 전해주게"라고 부탁하고는, 정말로 잠이 들어버렸다. 눈을 뜨자 비는 어느 샌가 멈추고, 아름다운 하늘은 마치 광택이라도 낸 듯이 넓고 한결같은 가운데에, 달이 선명하게 떠 있었다. 나는 유리창 너머로 이 큰 달을 바라보며, 문득 제코爵公를 위해 무도회의 성공을 기원했다.

후에 본인에게 들어보니, 제코는 그 무도회를 마치고 나서, 다수의 미국 장교들과 함께 클럽의 바에 몰려갔다고 한다. 바로 그때 장교들이 제코에게 대성공이었다고, 정말 화기애애한 분위기였다고 저마다 칭찬을 하는 탓에, 제코는 어쩔 수 없이 큰 목소리를 짜내어 "gentlemen!"이라고 외치고 말았다. 그러자 지금까지 와자지껄 떠들고 있던 패거리들이 총재가 연설이라도 하는 것이라고 생각했는지 일제히 입을 닫아버린 탓에, 회장은 찬물을 끼얹은 듯 조용해졌다. 제코는 원래 젠틀맨 뒤에 무언가를 덧붙여야 했지만, 공교롭게도 젠틀맨 이외의 영어가 한마디도 나오지를 않았다. 영어라는 영어는 모두 머릿속 구석구석에서 술로 씻겨나간 탓에, 어쩔 수 없이 젠틀맨 다음에는 급히 일본어로 바꾸어, 마음껏 마시자라고 소리쳤다. 젠틀맨 마음껏 마시자라는 말은 대부분의 미국인에게 통하지 않았지만, 장소가 바였던 만큼 그가, "젠틀맨 마음껏 마시자!"라고 하자마자, 장교들이 웃으며 주인공을 행가래를 쳤다고 한다.

메이지 20년(1887)경이라 생각되는데, 같은 하숙집에서 뒹굴던

녀석들이 7명 정도가 에노시마江の島[19]까지 당일치기로 하이킹을 간 적이 있었다. 빨간 모포를 짊어지고, 도시락을 손에 들고, 품속에는 각자 20전씩 가지고서 밤 10시경이 되어서야 간신히 에노시마의 건너편에 도착하기는 했으나, 과감하게 바다를 건너는 녀석은 아무도 없었다. 의논한 결과 모포를 말고 백사장 위에서 잠을 자기로 했다. 그런데 한밤중에 눈을 떠 보니, 투둑투둑 비가 얼굴에 떨어지고 있었다. 게다가 마미즈 히데오真水英夫의 행전[20]을 어디선가 나타난 개가 물고 달아나 버렸다. 밤이 밝아와 사물이 희뿌옇게 밝아올 무렵, 서로의 얼굴을 바라보니, 그 누구 할 것 없이 모래범벅이 되어 있었다. 눈을 비벼도, 귀를 파도 모래가 나왔다. 머리를 긁어도 모래가 나왔다. 우리 7명은 그 다음 에노시마로 건너갔다. 바로 그때, 새벽녘의 바람이 섬을 휘감아, 산에 있는 나무들이 '쏴아'라는 소리를 내며 옆으로 나부꼈다. 그러자 옆에 서 있던 제코是公가 무슨 생각이 들었는지 갑자기, "어때 저 나무를 봐봐. 전전긍긍하고 있잖아!"라고 말했다.

---

19 [역주] 에노시마(江の島) : 가나가와현(神奈川県) 후지사와시(藤沢市)에 위치한 육계도(陸繋島)(사주(沙柱)로 대륙 따위와 연결된 섬) 및 가타세(片瀬) 지구에 속한 지명. 쇼난(湘南)을 대표하는 경승지(景勝地)로 가나가와현(神奈川県) 지정 사적 및 명승이며, 동시에 일본 100대 명승지이기도 하다. 江ノ島라고도 표기하지만, 공식명칭은 江の島이다.

20 [역주] 행전 : 바지나 고의를 입을 때 정강이에 감아 무릎 아래 매는 물건. 반듯한 형겊으로 소맷부리처럼 만들고 위쪽에 끈을 두 개 달아서 돌라매게 되어 있다. 순화되기 전에는 각반이라고도 했다.

초목이 바람에 날리는 모양을 진지하게 '전전긍긍'이라고 묘사하는 사람은 제코是公가 처음으로, 그 뒤로 한동안 모두는 제코를 전전긍긍이라고 불렀다. 하지만, 당사자만큼은 지금도 전전긍긍이라고 표현해도 지장이 될 것이 없다고 생각하고 있을지 모르기 때문에, 젠틀맨 마음껏 마지자라는 말도 영어로서 장교들에게 통했다고 믿고 있을 것이다. 취하기도 할라치면, "헹가래를 쳤잖아 그것이 말이 통했다는 증거다!"라고는 충분히 말하고도 남을 남자인 것이다.

13

어제 저녁에는 가와사키川崎조선소의 스다須田 군으로부터 함께 저녁식사라도 하지 않겠냐는 제안이 있었으나, 유감스럽게도 여전히 배가 아파서 제안을 사양하고 침실에서 스프를 마시고 잠들어버렸다. 아침에 일어나자마자 이젠 괜찮겠지라는 생각이 들어, 배 근처에 신경을 집중해서 살펴보니, 아니나 다를까 위화감이 있다. 왠지 아침부터 위胃가 나를 배신하고자 하는 음모라도 꾸미고 있는 것은 아닐까라는 불안이 들었다. 어디가 이상한 걸까 하고 목 여기저기를 눌러보니, 어디고 반응이 없다. 단지 흐린 하늘처럼 둔한 통증이 얇고 넓게 퍼져 있다는 느낌이 들 뿐이다. 씁쓸한 얼굴로 식당으로 내려가 식사를 마치고 다시 방으로 돌아와 멍하니 있자 하니 가와무라河村 씨가 문 앞까지 와서, 오늘 밤 남만주철도의 누군가가 호스트로 나를 비롯해 몇 명을 선방정扇芳亭에 초대하고 싶다는 정중한 인사였다. "정말 모처럼 초대해 주셨지만, 사실 이러저러하니 어렵겠다"고 하자, "그러시군요. 사실 총재님도 오늘밤은 피곤하셔서 참석하지 않으십니다"라고 대답하고는 돌아갔다.

가와무라 군이 돌아가자마자 마타노股野가 안내도 없이 찾아왔다. 오늘은 옷깃이 넓은 기모노를 입고 왔는데, 하얀 내의 위에 하얀 겉옷을 말끔하게 걸쳐 입고 왔기에 감탄하지 않을 수 없었다. 마타노와 잠시 이야기하고 있자니, 또 손님이 찾아왔다. 사환이 들고 온 명함에는 도호쿠대학東北大學 교수인 하시모토 사고로橋本左五郎라고 적혀 있었기에 다소 놀랐다.

하시모토 사고로와는 메이지 17년(1884)경, 고이시카와小石川의 고쿠라쿠미즈極樂水에서 절의 2층을 빌려 함께 자취를 한 적이 있다. 그때에는 방세를 내고, 격일로 소고기를 먹고, 최고급 쌀을 지어 먹어도 매월 2엔이면 족했다. 하지만, 소고기는 큰 냄비에 가득 채운 국물에 띄워놓은 것을 먹을 수밖에 없었다. 10전 하는 소고기를 7명이서 먹으려니 그렇게라도 하지 않으면 먹을 방법이 없었기 때문이다. 밥은 가마에서 직접 퍼서 먹었는데, 가뜩이나 높은 2층에 큰 가마를 올리는 일은 여간 어려운 일이 아니었다. 나는 그

곳에서 하시모토橋本와 함께 요비몬予備門[21]에 들어가고자 준비를 했다. 하시모토는 나보다도 영어나 수학에 있어서 뛰어났다. 입학 시험 때의 대수학代數學이 어려웠던 탓에 어쩔 줄 모르고 있을 때, 슬쩍 옆자리의 하시모토橋本에게 알려달라고 한 덕분에 간신히 입학할 수 있었다. 그런데 정작 정답을 알려준 하시모토는 보기 좋게 낙방하고 말았다. 입학한 나는 이내 맹장염에 걸렸다. 이는 언제나 절 앞에 찾아와서 파는 단팥죽을 규칙적으로 매일 밤 먹었기 때문이다. 단팥죽 장수는 항상 문 앞에 왔다는 신호로 부채로 펄럭펄럭 소리를 냈다. 결과적으로 나는 이 단팥죽 장수 덕에 맹장염에 걸리게 된 것이다.

그 후에 사고左五는(당시 나는 하시모토를 사고, 사고라고 불렀다. 그는 오카야 마岡山의 농가 출신이었다) 추가시험에서 합격하기는 했지만, 이내 다시 낙제를 하고 만다. 그러자 그는, "뭐야 정말 시시하기 짝이 없군"이라는 말을 남기고 홋카이도北海道의 농업학교農業學校에 들어가 버렸다. 그후에 독일로 갔는데, 독일에 가서는 언제까지고 돌아올 줄 모르다가 5~6년 후에야 돌아왔다. 즉, 유학기간의 두 배 혹은 그 이상을 독일에서 살다 온 것이 된다. 그 비용은 어떻게 마련했는지 도무지 알 수가 없다.

그 하시모토가 나보다 2~3개월 전에 남만주철도의 의뢰를 받

---

21 [역주] 요비몬(予備門) : 다이가쿠요비몬(大学予備門)의 약칭으로, 구(舊) 제국 제1 고등학교의 전신.

고 몽골의 축산사정을 조사하기 위해 왔는데, 신기하게도 그 조사가 끝나 지금 다롄大連에 막 돌아온 차에 나와 딱 마주친 것이다. 얼굴을 보아하니, 옛날과 다름없이 성격 급한 다혈질 상이었지만, 일본이 몽골과 새로운 관계를 맺은 덕분에 그 성급쟁이가 훌륭한 활약을 하고 있다고 한다. 그가 문을 밀고 들어오자마자 나는 이내, "어때? 변함없이 건강한가?"라고 묻고 싶을 정도였다.

14

"응, 그럭저럭 변함없다네"라고 대답하는 하시모토橋本는 예상과 달리 침착했다. 옛날 요비몬予備門에 들어가 합격 불합격에 소란을 피웠던 시절에는 온화함과는 심히 거리가 있는 인물이었다. 그는 그의 들창코처럼, 익살맞은 데다가 매우 신랄했다. 나는 그의 거들먹거림에 자주 풀이 죽곤 했던 기억이 있다.

그 무렵에는 단체로 모여 사루가쿠초猿楽町의 스에토미야末富屋라는 하숙집에서 진을 치곤했다. 인원은 통틀어 10명 전후였는데, 그 모두가 일부러 모으려고 해도 모으기 힘든 하나같이 장난꾸러기들로, 공부를 경멸하는 것이 자신의 천직인 양 생각하고 있었다. 예습 한 번 안 하고 매 학기 아슬아슬한 모험을 반복하곤 했다. 영어는 교실에서 지적당할 때만, 잘 모르는 해석을 적당히 붙일 뿐이었다. 수학은 풀 때까지 칠판 앞에 서 있기를 밥 먹듯이 했다. 나 같은 경우는 언제나 1시간씩 내내 선 채로 꼼짝 못하곤 했다. 우리 모두는 대수학代數學 책을 품고, "오늘도 또 각기병脚氣病[22] 증상에 시달려야 하는 걸까" 따위의 말을 하며 집을 나서곤 했다.

이런 녀석들이었기 때문에, 대개는 하나같이 학급의 꼴찌 언저리에 어수선하게 모여 있었다. 나 같은 경우, 입학당시 성적으로 말하자면 하가 야이치芳賀矢一와 어깨를 나란히 했지만, 시험 때마다 하락을 거듭해 결국에는 장외에서 그리 멀지 않은 링사이드에서 간신히 버티고 있었다. 그럼에도 불구하고 모두 득의양양했다. 학습의 성적이 좋은 녀석들을 보며, "뭐야 점수만 따는 녀석들이……"라며 뻐길 정도였다. 그리하여 우리들은 쩍하면 잠재능력을 기르고 있다고 하며, 무턱대고 소고기를 먹고는 보트를 저어댔다. 시험이 끝나면 그날 밤부터 책상을 겹쳐서 마루 구석에 쌓아놓아서 그 누구도 공부할 수 없도록 하고는, 전보다 조금은 넓어진 방에 모여 팔씨름을 했다. 오카노岡野라는 사내는 어디에선가 장난감 대포를 사가지고 와서는 방 벽에 대고는 마구 쏘아댄 탓에, 벽에는 수없이 구멍이 났다. 시험 성적이 나올 때면 혼자 보는 것이 두려웠기 때문에, 모두를 그러모아 함께 보러 갔다. 그러면 하나같이

---

22 [역주] 각기병(脚氣病) : 비타민 비 원(B1)이 부족하여 일어나는 영양실조 증상. 말초 신경에 장애가 생겨 다리가 붓고 마비되며 전신 권태의 증상이 나타나기도 한다.

60점대에 아슬아슬하게 걸쳐있었다. 하시모토橋本는 언제나 위세 당당한 사내였는데, 어떤 때에는 시를 만들어 모두의 앞에서 펼쳐 보였다. 운율도 평측平仄[23]도 없는 긴 시였는데, 그 내용 중에는 '席序下算の便'이라는 문구가 있었는데, 그 의미를 아는 사람은 아무도 없었다. 그런데 가만히 듣자 하니, 이는 '등수를 위에서부터 세지 말고 아래에서부터 세는 편이 빠르다'는 의미였다. 마치 오미쿠지御籤[24]에 쓰여 있는 점괘와 같은 문구였다. 사실 우리들 모두는 바로 이 오미쿠지와 같은 상황에 걸려서 조마조마하고 있었다.

그러던 중 아래에서부터든 위에서부터든, 이와 같은 셈에도 들어가지 않는 녀석들이 슬금슬금 나타나기 시작했다. 한 명 두 명 사라지는 와중에 하시모토橋本가 사라지고, 제코是公가 사라졌다. 그런 나도 결국 사라지고 말았다. 다롄大連에서 제코와 만났을 때, 이 낙제 이야기를 꺼내자 제코는, "호오 그때 자네도 낙제했었나? 그것 참 믿음직스럽구먼!"이라고 몹시 기뻐하기에, 같은 낙제라고 해도 낙제의 질이 다르다고. 나의 경우는 명예로운 부상이라고 대답해 두었다.

제코를 비롯해 나와 지금의 뤼순旅順의 경시총장警視総長이 낙제해서 나가 떨어져나가는 와중에, 사고左五만이 단호하게 홋카이도

---

23 【역주】 평측(平仄) : 평자(平字)와 측자(仄字)라는 뜻으로, 한문의 시·부 따위에서 음운의 높낮이를 이르는 말.
24 【역주】 오미쿠지(御籤) : 일본의 신사(神社)나 절에서 참배인이 길흉을 점쳐 보는 제비.

北海道로 달아나버렸던 것이다. 그 낙제의 장본인이라고도 할 수 있는 그가, 다소간 나이를 먹었다고 해서 이렇게나 예의가 바르게 변할 줄은 생각지도 못할 일이었다. 오늘은 오후부터 남만철도회사에 가서, 몽골 여행에 관한 이야기를 한다고 한다.

15

가와무라河村 씨가 써준 표를 보자니, 오락기관이라고 하는 제목 하에 클럽이라든지 무슨 회會라고 하는 이름이 붙어 있는 것이 열 개쯤 나열되어 있다. 그중에서는 골프회라든지, 요트 클럽이라든지 이름만 들어도 세련된 것들이 여기저기 보였다. 요트 클럽 밑에는 괄호로, '단, 1척'이라고 하는 주석이 붙어 있었는데, 생긴 지 얼마 안 되었기 때문에 아직 한 척뿐이라는 의미일 것이다.

참관할 만한 장소라는 표제 밑에는, 야마기초山城町의 다롄의원大連医院이라든지, 고타마초児玉町의 종업원 양성소라든지, 하마초浜町의 발전소라든지, 이러저러해서 모두 15~6개소가 나열되어 있다. 과연, 이 정도라면 다롄大連에 일주일간 정도 머물지 않고서는, 남만주철도의 사업도 대강 훑어볼 수 있을 리 만무했다. 게다가 제코是公는 꼭 함께 구석구석 빠짐없이 잘 살펴보고 가지 않으면 안 된다고 마치 명령하듯이 주의를 주는 까닭에, 도망갈 구석이 없다. 게다가 "잘 보고 나서 무엇이든지 생각이 나면 말해주게"라고, 마치 내가 감찰사 레벨이라도 되는 듯이 취급하는 까닭에 더더욱 골치가 아프다. 나는 손에 든 표를 대강 훑어보면서, 옆에 있는 마타노股野에게, "이보게 좀 보겠나?"라고 물었다. 마타노는 원래부터가 나를 데리고 다롄의 이곳저곳에 데려갈 요량으로 와 있었다. 무엇보다 딱히 회사가 붙여준 것도 아니었지만, 본인 스스로의 의사로 회사 일을 팽개쳐둘 요량인 듯하다. 그러던 차에 그는 어느 샌가 호텔에 마차를 부르도록 지시하고 있다.

나는 마타노股野와 멋들어진 마차에 합승하여, 북공원北公園으로 향했다. 이렇게 말하면 다소 과장이 되겠지만, 마차의 바퀴가 대여섯 번 구르자 벌써 공원으로, 공원에 들어왔다고 생각하자 이내 마차는 공원을 빠져나가고 있었다. 그 뒤에 사원 클럽이라고 하는 곳에 안내를 받아, 요쿄쿠謠曲 선생의 월급이 150엔이라는 이야기 등을 듣고, 다시 마차에 올랐다. 이번에는 가와사키川崎 조선소로 향해, 스미다須田 군이 있는 공장 바깥을 보고 나서 바로 옆의 사무소에 들어가, 스미다 군에게 어제의 인사를 전했다. 사무소의 바로 앞은 바다로, 도크 안은 푸르고 투명했다. "저 정도라면 몇 톤 정도의 배가 들어갈 수 있습니까?"라고 묻자, 3천 톤 정도까지는 들어갈 수 있다고 스미다 군이 대답했다. 도크의 입구는 42척尺(약 13m)이라고 한다. 나는 창문을 통해, 높이 뜬 해가 출렁이고 싶어

안달이 난 파도를 꽈악 움켜쥐듯 물 속 깊이 내리쬐어 고요해진 도크 안을 내려다보며, 한여름에 이 큰 돌로 쌓은 욕조에 들어가 수영을 즐길 수 있다면 얼마나 좋을까라고 생각했다.

다음에는 어디냐고 마타노에게 물어보자, 이번에는 전기공장에 간다고 한다. 데쓰레이마루鉄嶺丸가 다롄大連의 항구에 들어갔을 때, 제일 먼저 내 눈에 들어온 높고 똑바르게 솟은 붉은색 굴뚝이 바로 이 공장의 것이었다. 선원들은 이것이 동양 제일의 굴뚝이라고 한다. 역시 동양 제일의 굴뚝이라는 이름답게, 그 내부는 정말 대단했다. 일부는 천장을 뚫고 파란 하늘을 볼 수 있었는데, 사방의 벽은 높게 둘러쳐져 있었다. 지붕의 높이를 높일 필요가 있었던 것일 텐데, 파란 하늘이 벽돌 위에 멀리 보일 뿐만 아니라, 보통의 대화가 전혀 불가능할 정도로 엄청난 소리가 울리는 한가운데에 먼지를 뒤집어쓰고 서 있을 때에는, 기묘한 심정이 들었다. 어떤 곳은 발밑으로도 파내려간 어두운 곳에 다양한 장치가 맹렬히 움직이고 있었다. '공업의 세계에도 문학자의 머리 이상으로 숭고한 것이 있구나!'라고 감탄하기는 했지만, 이내 그곳에서 뛰쳐나가고 싶어졌다. 간단히 말하자면 나는 단지 엄청난 소리를 듣고, 마찬가지로 엄청난 기계의 움직임을 보았을 뿐이었다.

마타노股野는 그 사이, 이리저리 뛰어다니며, "어이 누군가 없나?"라며 갑자기 기사技師를 찾고 있었다. 하지만 기사들은 마타노에게 붙잡힐 만큼 한가하지 않은 듯, 여간해서 찾아볼 수 없었다.

16

오늘은 유령의 집을 보고 왔다고 하니, 다나카田中 군이 웃으면서, "나쓰메夏目 씨, 왜 그곳을 유령의 집이라고 하는지 아느냐"고 물었다. 나는 그저 하급사원들의 합숙소의 표본이라는 그곳을 한 번 둘러보았을 뿐으로, 유령이라는 이름에 관한 사연에 관해서는 아직 알지 못했다. 그렇지만, 이곳이 유령의 집이라고 했을 때에는, 조금도 주저하지 않고 그런가보다고 하며 발을 들여놓았다. 하지만 어째서 이 건물에 그렇게 무서운 이름을 붙였는지에 관해, 발길을 멈추고 의심하고 말고 할 여유는 없었다. 소위 유령의 집은 말 그대로 음침하게 지어져 있다. '지어져 있다'라고 하니 마치 새롭게 설치한 것만 같은 뉘앙스를 풍기지만, 이 건축물의 모습을 보자면 부적절한 표현일지도 모른다. 유령의 집은 그만큼 낡은 색을 띠고 있다. 벽은 벽돌로 되어 있지만, 외부는 한 면이 회색으로 안으로는 햇볕이 들 것 같지도 않다. 마치 침침한 공기를 내뿜고 있는 것 같은 생각이 들었다.

나는 유령의 집의 긴 복도를 1층부터 3층까지 몇 번인가 왕복했다. 걸을 때마다 둔탁한 소리가 난다. 사다리 모양의 계단을 올라갈 때에는 한층 더 딱딱거리는 소리가 났다. 계단은 철로 되어 있었다. 복도의 좌우는 하나같이 방으로, 방이라고 하는 방은 모두 잠겨 있다. 방문 위에는, 소유자의 명찰이 걸려 있다. 강렬한 햇살에 익숙해진 눈으로 그 명찰을 읽기에는 복도가 너무 어두웠다. 나는 잠시 멈춰 서서 방 안을 볼 수는 없는지, 마타노股野에게 물어 보았다. 마타노는 금방 갖고 있던 지팡이로 오른쪽의 문을 똑똑 하고 두드렸다. 하지만, "예"라고도 "들어오라"고도 대답하는 자는 없었다. 마타노는 다시 두 번째의 문을 똑똑 두드렸다. 이번에도 방 안은 쥐죽은 듯 조용하다. 마타노는 거침없이, 사양하는 법도 없이 그 근처의 방이란 방을 모두 두드리며 돌아다녔으나, 끝내 사람의 기척이 있는 방을 찾을 수는 없었다. 마치 사람들이 모두 떠나버린 마을을 걷고 있는 듯한 느낌이 들었다. 3층에 올라갔을 때, 나는 가느다란 복도의 모퉁이에서 냄비에 야채를 끓이고 있는 한 여성과 만났다. 그곳에는 부엌이 있었다. 유령의 집에는 대략 방 대여섯에 하나의 부엌을 갖추고 있는 듯하다. "아주머니, 물은 위에도 나옵니까?"라고 묻자, "아니요 밑에서 길어 올립니다"라고 했다. 나는 이 어두운 건물 안에 화장실이 과연 어디에 몇 개가 있는지 궁금해졌으나 결국 묻지 못하고 여성의 앞을 지나려 하자, 그곳은 막다른 골목이라고 알려주었다. 아니나 다를까 그 앞은 완전히 깜깜했다.

다나카田中 군의 말에 따르면, 이 건물은 러일전쟁 당시 병원이었다고 한다. 전쟁이 격화되어, 부상자 수가 많아짐에 따라, 수용된 사람들에게 충분한 처치가 이루어지지 않았을 뿐만 아니라, 불쌍하게도 손도 못쓰고 죽어가는 병사가 많이 생겨났고, 그 상처에서 나오는 원한의 목소리가 다롄大連 전체에 울려 퍼질 정도로 잔혹했기 때문에, 그 이후 이 지역은 유령의 집이라고 불리게 됐다고 한다. 그러나 진짜인지 아닌지는 사실 나도 보증할 수 없다며 다나카 군은 웃으며 이야기했기 때문에, 하물며 이를 내가 보증할 수는 없는 일이다.

다만, 남만주철도의 중역이 처음 다롄에 건너올 때, 이 유령의 집에 자리를 잡은 것은 사실이다. 그때 이 건물은 유령조차 살 수 없을 만큼 황폐해져서는, 타고 남은 폐허로 마치 유해처럼 덩그러니 서 있었다고 한다. 이곳에 자리 잡은 사람들은 죽음을 두려워하지 않는 사람들로, 날씨와 결핍 그리고 불편에 맞서 전쟁 이후의 또다른 전쟁을 치러야만 했다. 기차 안에서는 석탄을 때어 가까스로 죽음을 면해야 했으며, 화물열차에서 휴대용 석유등을 켜고 볼일이라도 보려할 때마다, 석유등은 흔들려서 금세 꺼지고 말았다. 그리고 탄산수라도 마시려 해도 처음 두세 방울 이외에는 금세 얼음 기둥으로 변해버린다든지, 그 모든 것이 탐험과도 같았다고 한다.

"세이노清野가 모직셔츠를 6장이나 껴입은 건 그때였지요."

"세이노는 어찌나 질렸는지, 그 뒤로는 이곳에 통 오지를 않아."

나는 다나카田中 군과 제코是公가 이런 이야기를 하는 것을 듣고, 금세 유령의 집에 관한 일을 잊고 말았다.

17

3층에 올라가 보니, 온통 콩뿐이다. 오직 창가만이 사람이 다닐 수 있는 폭 좁은 마루로 되어 있다. 나는 조용히 콩과 벽 사이를 멀찍이 돌아서 걸었다. 조심하지 않으면, 발로 콩을 밟아버릴 우려가 있는 데다, 사람이 없는 곳에서 쓸데없이 큰 소리를 내는 것이 마음에 걸렸기 때문이다. 콩은 모래 언덕처럼 발아래 이곳저곳에 수북이 쌓여 있다. 이쪽 끄트머리에서 반대편 끝까지 걸쳐서, 꽤나 긴 콩의 산맥을 이루고 있다. 그 한가운데 중 세 곳 정도 우물 정자와 비슷한 모양의 구멍이 뚫려 있다. 콩은 그 구멍을 통해 끊임없이 아래로 떨어져, 분리된다고 한다. 이따금 쏴아 하는 소리를 내며, 3층의 한구석에 새로운 모래 언덕이 생기는데, 이는 쿨리가 아래층에서부터 콩자루를 짊어지고 와서 적당한 장소를 물색하여 쏟아내고 가는 것이다. 그럴 때마다 숨이 턱 막힐 듯한 연기가 피어오르는데, 셀 수도 없는 콩과 콩 사이에 숨어 있던 먼지들이 한꺼번에 날아오른다.

쿨리는 얌전하고 건강한 데다가 힘이 좋아서, 일을 잘했기에, 그저 보는 것만으로도 기분이 좋다. 그들의 등에 짊어진 콩 자루는 쌀가마니처럼 결코 가벼운 것이 아닌 듯 보인다. 그것을 저 아래에서부터 느릿느릿 짊어지고 와서는 3층에다 비우고 간다. 비우고 갔다 하면 이내 다시 비우러 온다. 몇 명을 고용하여 순서대로 옮겨오는지는 모르지만, 그 보조 그리고 빈도로부터 간격에 이르기까지 하나같이 일정하다. 통행로는 건축용 비계飛階[25]와 같이, 길고 두꺼운 판자를 언덕에 걸쳐 아래부터 3층까지를 연결하고 있다. 그들은 이 판자를 하나하나 올라서는 또다시 하나하나 내려간다. 올라가는 이와 내려가는 이가 좌우의 판자 한가운데에서 마주쳐도 서로 한마디를 건네지 않는다. 그들은 혀가 없는 인간처럼 묵묵히 아침부터 저녁까지 이 무거운 콩 자루를 계속해서 등에 짊어지고 3층에 올라서는, 또다시 3층을 내려가는 것이다. 그 침묵과 규칙적인 운동, 그리고 그 인내와 정력은 흡사 운명의 그림자처럼 보인다. 실제로 서서 그들을 얼마 동안 관찰하자니 기묘하다는 느낌마저 들 정도이다.

3층에서 떨어진 콩은, 아래로 내려오자마자 큰 마보자기 위에 떨어져, 이내 가마 안으로 옮겨진다. 가마 안에서 콩을 삶아내는 것은 그렇게 빠를 수가 없다. 넣자마자 금세 꺼내는데, 꺼낼 때에는 뭉게뭉게 김을 내는 보자기의 네 귀퉁이를 잡고 마루 위에 꺼내 놓는다. 연기 속에서 땀에 젖어 빛나는 구릿빛 근육이 강인하게 보인다. 이 맨몸의 쿨리의 체격을 보자마자, 나는 문득 한초군담漢楚軍談을 떠올렸다. 그 옛날, 한신韓信을 가랑이 사이로 기어가게 했던 호걸은 분명 이와 같은 녀석들임에 틀림없다. 그들은 다부진 상체

---

25 [역주] 비계(飛階) : 높은 곳에서 공사를 할 수 있도록 임시로 설치한 가설물.

의 근육을 자랑하며, 그 큰 다리에는 소가죽을 이어붙인 단단한 구두를 신고 있다. 찐 콩을 멍석으로 두르고, 그 위에 둥근 틀을 올려 2척쯤(약 60cm)의 높이가 되면, 쿨리는 그 즉시 구두를 신은 채로 틀 위에 올라 우적우적 콩을 밟아 뭉친다. 그다음 그것을 나선 모양의 봉의 아래에 넣고, 손잡이를 빙글빙글 돌리기 시작하면, 이와 동시에 기름이 짜져서 마룻바닥 구멍으로 걸쭉하게 흘러내려가고, 콩은 완전히 껍질만 남게 된다. 이 모든 작업은 약 2~3분 안에 이루어진다.

이 기름은 펌프의 힘으로 사방이 1척(약 30cm)쯤 될 만한 큰 철제 통에 빨려 올라가 저장되는데, 2층 위에서 조용하고도 깊은 통 서너 개를 바라보자니 조금은 섬뜩해졌다. 그 안에 떨어져 죽는 일이 있냐고 안내에게 물어보자, 안내는 태연한 얼굴로, "아 거의 떨어지는 일은 없습니다"라고 대답했지만, 나는 아무래도 떨어질 것만 같아 참을 수가 없었다.

"쿨리는 정말 일을 잘하는군요! 게다가 이렇게나 조용하게"라고 나가면서 감탄하자, 안내는 "절대 일본인은 흉내 낼 수 없죠. 저렇게 일하고도 하루에 고작 5~6전을 받고 산다니까요. 어찌 저리도 강인한지 알 수가 없습니다"라고 정말 질렸다는 듯이 대답했다.

18

마타노股野가, "선생님, 저의 집에 오시지 않겠습니까? 8조畳쯤 되는 방이 비어 있습니다. 가구도 이불도 있습니다. 호텔에 계시는 것보다 여유 있고 좋지 않을까 싶습니다만"이라고 친절하게도 권해왔다. 듣건대, 마타노의 객실에서는 다롄大連을 한눈에 내려다 볼 수 있을 뿐만 아니라, 바다가 손에 잡힐 듯이 바라볼 수 있으며, 바다를 향해 연이어 돌출해 있는 산맥도, 창문을 통해 한눈에 조망할 수 있는 멋진 집이라고 한다.

처음에는 마타노의 자랑을, "아~ 그래, 그래"라고 적당히 흘려들었으나, 모처럼의 호의였기도 했고, 나는 원래부터가 변덕스러운 사람인지라, 때로는 다소 신세를 지는 것도 나쁘지 않겠다고 생각하여, 기회를 보아서 제코是公에게 이 이야기를 꺼내자, 그런 곳에 가서는 안 된다고 혼나고 말았다. "만일 호텔이 싫다면 내 집에 오게나, 집에 들여 줄 테니"라며 서재 옆의 다타미畳가 깔린 방을 보여주었으나, 딱히 서양풍의 호텔에 정나미가 떨어진 것도 아니었기에, "자 그럼, 신세 좀 지겠네"라고 말하지도 않았다.

제코는 서재의 큰 의자 위에 책상다리를 하고, 말린 복어를 씹으며 술을 마시고 있다. '어떻게 저렇게 단단한 걸 위胃에 집어넣을 수 있는 걸까?'라는 생각이 들자, 실로 무서워졌다. 이래저래 하는 와중에, "이보게, 위장약을 갖고 있다면 조금 주게나. 왠지 위가 아픈 듯해"라고 손을 내밀었다. 그러자, "위가 아플 때에는 말린 복어든 뭐든지 간에, 마구 먹고 위병胃病을 놀라게 하지 않으면 안 돼. 그렇게 하면 꼭 나을 거야"라고 말했다. 술 취한 것이 틀림없다.

나는 주머니에서 주문한 약을 꺼내 먹었다. 이것은 2~3일 전 제코是公와 함께 마차를 타고 시내를 돌아다닐 때, 제코의 마부로부터 20전을 빌려서 다롄大連의 약국에서 산 것이다. 그때 제코의 마부에 대한 태도가 매우 정중하다는 것을 깨닫고는 조금은 놀라지 않을 수 없었다. 그는 특이하게도 "자네, 이 근처의 약국에 들러서, 위장약을 사주지 않으시겠는가?"라고 공손히 말하는 것이 아닌가.

"자네는 마부에게 너무 심하게 정중하다네"라고 충고하자, "응 그때의 20전을 아직 갚지 않았지만 말이야"라고 이제야 생각난 듯이 말하며, 말린 복어를 다시 씹고 있다.

제코의 마부에게는 20전의 빚이 있을 뿐이었으나, 그 말구종驅從[26]은 매우 특이한 인물이었다. 우선 일본인이 아니다. 변발辮髮을 자랑스럽게 늘어뜨리고, 황색의 바지에 나사羅紗[27]로 된 긴 부츠를 신고 손에는 3척(약 90cm) 정도의 불자拂子[28]를 손에 들고 있다. 그렇게

---

26 [역주] 말구종(驅從) : 말을 타고 갈 때에 고삐를 잡고 앞에서 끌거나 뒤에서 따르는 하인.

27 [역주] 나사(羅紗) : 양털 또는 거기에 무명, 명주, 인조 견사 따위를 섞어서 짠 모직물. 보온성이 풍부하여 겨울용 양복감, 코트감으로 쓰인다.

28 [역주] 불자(拂子) : 선종(禪宗)의 중이 법사(法事) 때, 번뇌를 떨쳐 버리기 위해 사용

하고서는 말을 끌고 달리는데, '잘도 저런 신사복장을 하고서 땀도 흘리지 않고 달릴 수 있구나!'라고 생각할 정도로 빠르게 걸을 수 있다. 원래부터가 다리가 길었으며, 키는 6척(약 182cm)에 가깝다.

말구종과 마부의 이야기는 이쯤 해 두고 마타노股野의 이야기로 돌아가자면, 나는 제코是公에게 혼난 탓에, 결국 마타노의 집으로 옮기는 것을 그만두었다. 그렇지만, 놀러간 적은 있다. 역시나 작은 산 위에 지어진 좋은 사택이었다. 원래는 단독주택으로 지어진 건물이 아니었다. 회색빛을 띤 기다란 건물 몇 개가 늘어서 있는 가운데에, 가장 구석진 건물의 가장 마지막 번호의 2층이 그의 가족에게 할당된 곳이었다. 언덕의 밑에서 바라보면, 마치 영국의 피서지에라도 간 것과 같다고 어떤 서양인이 평했을 정도로 외부는 두꺼운 벽으로 둘러쳐진 서양식 건물이지만, 그 안은 일본의 향기가 나는 깨끗한 다타미疊가 깔려 있었다. 아니나 다를까 경치가 매우 훌륭하다. 다롄大連의 시내와 바다 그리고 맞은편의 산이 보인다. 마타노의 집 치고는 아까울 지경이다. 나는 그곳에서 무라이村井 군과 만난 후, 마타노와 그의 아내와 만나 극진한 대접을 받고 돌아왔다.

하는 먼지떨이와 유사한 모양의 불구(佛具).

19

"중국의 여관도 한번 둘러보시죠"라고 말하면서, 마타노는 길 오른쪽에 있는 문을 열고 안으로 들어갔다. 그곳에는 일본인이 세 명 정도 의자에 앉아 사무를 보고 있다. 마타노는 그중에서 감색 양복을 입은 사람을 붙잡고, 이야기를 시작했다. "자네, 여기는 여관이지?"라고 묻는다. 그러자, 여관이 아니라고 일어나며 대답한다. 왠지 상황이 이상했다. 그 후에 나는 감색 양복을 입은 사람에게 소개되었는데, 그는 상업학교를 나온 다니무라谷村 군으로, 물론 여관의 주인이 아니었다. 다니무라 군은 이곳에서 중국인과 손을 잡고 콩을 판매하는 회사를 경영하고 있다. 따라서 거래상 필요에 의해 콩을 가지고 내륙에서 다롄大連으로 나온 사람들과 접촉하지 않으면 안 되는데, 이곳의 관습에 따르자면 그러한 짐의 주인들은 절대로 보통의 여인숙을 잡지 않는다. 이곳으로 나오게 되면 반드시 거래처의 숙소에 머물며, 용무를 마칠 때까지 언제고 그곳에서 체재한다. 게다가 그 수는 한둘이 아니기 때문에, 다니무라 군의 안방은 일종의 여관 조직과도 같다.

"그러면 그 안방 좀 봐도 될까요?"라고 말하자, 다니무라 군은 "물론이죠"라고 말하며 흔쾌히 직접 안내해 준다. 나는 다니무라 군의 뒤를 따라 사무실 뒷문으로 나왔다. 마타노股野도 뒤따라 나왔다. 뒤편에는 정사각형의 정원이 자리 잡고 있다. 물론, 나무도 풀도 꽃도 보이지 않는, 단지 평평한 장소일 뿐이다. 그 한가운데를 가로지른 정면에 응접실이 있다. 응접실의 입구는 낮은 마루방으로, 방의 한구석의 높은 곳에 이불이 깔려 있다. 그 위에 앉아 회의를 한다고는 하지만, 뻔뻔스럽게도 베개까지 놓여 있다. 하지만, 그것이 팔꿈치를 올리기 위해서인지 머리를 올리기 위해서인지는 물어보지 않았다. 그들은 회의를 하면서 아편을 피우거나 담배를 피운다. 그 담뱃대는 담뱃대라고 하기보다는 일종의 기계라고 하는 편이 좋을 정도였다. 주석으로 된 몸체에 물을 넣고 담뱃대의 대통에서 새어나오는 연기가 이 물을 통과해 물부리까지 올라가도록 고안되어 있었기 때문인데, 익숙하지 않으면 자칫 물을 빨아올릴 수도 있다. "한번 피워보시죠"라고 하기에, 그렇게 했으나, 쿨렁쿨렁 거리는 소리가 나서 마치 송진을 마시는 듯한 느낌이 들었다.

2층이 집주인의 방이라고 하기에 2층에 올라가보니, 역시나 많은 수의 방이 늘어서 있다. 그중 한군데에서는 4명이서 도박을 하고 있었는데 그 도구는 매우 우아한 것이었다. 두께며 크기며 장기말의 차車 정도에 해당하는 5~60장 정도의 패를 4명이서 나누어, 그것을 여러 가지로 늘어놓아 승부를 겨룬다. 그 패는 잘 다듬은 대나무와 얇은 상아를 맞붙인 것으로, 상아 쪽에는 여러 가지 모양을 조각해 넣었다. 그 모양이 갖춰진 패를 몇 장인가 나열해서 내밀면 승리하는 것으로 생각되었으나, 계속해서 대나무와 상아를 만지는 타닥타닥 하는 소리가 날 뿐, 어디가 도박인지 사실 전혀 알 수가 없었다. 단지, 이 상아와 대나무를 맞붙인 패를 두세 장 받아가고 싶었다.

또 다른 방에는 5~6명이 있었는데, 그중 한 명이 부는 피리소리를 들었다. 발을 열고 머리를 들이밀자, 피리소리가 딱 하고 멈췄다. '다시 불기 시작하지 않을까'라고 생각하여 잠시 방안에 서 있었지만, 끝내 다시 불지 않았다. 방 안에는 기묘한 책들이 아름답게 벽에 붙어 있었다. 모두 서툴기 짝이 없는 것임에도 불구하고, 누구누구 선생을 위해 이래저래 씀이라 하는 등, 짐짓 무언가 있는 척 하는 것들뿐이었다. 마타노股野가 뭐라 말하자, 맞은편의 중국인이 뭐라고 대답했다. 그러나 둘은 서로가 뭐라 말하는지 이해하지 못하는 듯했다.

<hr />

20

부두에서 올라 곧바로 나아가면, 다롄大連의 거리가 나온다. 여기에서 직진하지 말고 바로 왼쪽으로 꺾어, 긴 가건물의 그림자를 지고 서너 정町(약 300~400m) 지난 곳에 아이오이相生 씨의 집이 있다. 서양관의 2층을 객실로 삼고, 그곳에 옛 불상이나 거울 등 동기銅器 및 도기류陶器類를 아름답게 진열하고 있는데, 단지 이 객실만을 보아서는 그저 엔간한 풍류인으로밖에 보이지 않지만, 아이오이 씨는 남만주철도의 사원으로서 부두사무소의 임원이다.

보다 비근卑近하게 표현하자면, 그는 짐을 싣고 부리는 데 고용하는 노무자의 우두머리를 맡고 있다. 일찍이 모지門司[29]의 노동자들이 미쓰이三井에 대해 파업을 할 때, 아이오이 씨가 자진해서 그곳으로 간 덕분에 원만히 해결할 수 있었다고 하는 일화 덕분에 남만주철도로부터 노무자의 우두머리로서 초빙되었던 사람이다. 실제로 아이오이 씨는 두목기질이 넘치는 사람이다. 남만주철도로부터 임용의 이야기가 있었을 때, 아이가 병으로 위독함에도 불구하고 아이오이 씨는 바로 다롄으로 건너왔다. 건너온 지 일주일 후, 아이가 죽었다는 소식이 있었다. 아이오이 씨는 내지內地에 있을 때부터 이미 여기에서 이 비보를 받을 각오를 하고 있었다고 한다.

아이오이 씨는 다롄에 오자마자, 노무자를 포함해서 다른 모든 부두와 관계된 일을 취급하는 사람들을 모아 이곳에 하나의 부락을 만들었다. 아이오이相生 씨의 집을 지나면, 좌우에 늘어선 건물들은 모두 자신이 직접 만들어 낸 것들 천지이다. 그중에는 도서관, 클럽, 운동장이 있으며 무도장이 있으며, 부하들의 주택이 있음은 말할 것도 없다.

---

29 [역주] 모지(門司) : 일본 기타큐슈(北九州)에 위치한 항구.

클럽에서는 당구를 치고 있었으며, 도서관에는 셰익스피어의 전집 및 폴그레이브의 경제사전이 있다. 나의 저서도 두세 권 있었다.

여기는 유도 도장으로 사용되고 있었는데, 때에 따라서는 강좌를 열거나 연설을 하거나 한다는 아이오이 씨가 직접 하는 설명을 듣고, 안을 들여다보니 역시나 도장으로 딱 좋은 건물이었다. 그 구석에는 높은 자리가 준비되어 있어, 언제라도 공연 혹은 강연을 열어도 될 법한 설비도 있었다. "강연이라고 하면 어떤 강연입니까"라고 되묻자, 아이오이 씨는, "내지에서 온 사람 등 무언가 부탁할 만한 것이 있으면 열곤 합니다"라고 대답했다. 그 말을 듣고는, 상황에 따라서는 멀지 않아 나도 붙잡혀서 여기에 끌려오게 될지도 모르겠다고 생각했지만, '설마 저를 부르시지는 않겠지요?'라고, 부탁하지도 않은 일을 거절하는 것도 실례라고 생각되어, "아 ~ 그렇군요"라고 고개를 끄덕이며 지나갔다.

마지막으로 가장 긴 2층 건물 한 동 앞에 섰는데, 이곳이 공동생활을 하고 있는 곳이라고 하며 아이오이 씨가 먼저 들어간다. 안에는 상점가처럼 한가운데 통로가 있고, 개별 상점에 해당하는 곳에는 연립주택으로 올라가는 입구가 있었다. 즉, 각각의 연립주택 사이는 벽 하나를 두고 나뉘어져 있었기 때문에, 약 한 정町(약 100m)이나 죽 이어져 있을 뿐만 아니라, 3척尺(약 90cm) 정도의 가운데 통로를 건너면 바로 건너편의 집에 닿았다. 올라가는 입구에 머리를 두고 누우면 서로 담배 주머니를 주고받을 수 있을 정도로 가까웠다. 아이오이相生 씨가 먼저 일어나 이 좁은 통로를 지나가자, 바느질을 하거나 아이를 재우고 있던 부인들이 모두 공손하게 인사를 했다. 그러나 개중에는 눈치를 채지 못하고 무언가 이야기를 하는 사람도 보였다.

이 부락에 사는 사람을 총동원하고 거기에 더해 몇십 배 혹은 몇백 배의 쿨리를 부려도, 주체하지 못할 만큼의 콩의 출하가 끊임없이 이루어졌다. 아이오이 씨의 이야기에 따르면, 많을 때에는, 도착하는 짐의 양이 하루 1,500톤에 이른다고 한다. 따라서 작년 우기에 이월된 톤 수는 4만 톤으로, 작년은 15만 톤에 이르렀다고 한다.

남북으로 1,500척, 동서로 1,200척의 부두 옆에 이 정도의 콩이 쌓인다니, 실로 번성하고 있다고 할 수 있겠다.

21

뤼순旅順에서 전화가 걸려와, 그쪽으로 언제 오느냐고 물어왔다. "그래, 누가 전화를 걸어왔는가?"라고 하시모토橋本에게 물어보았지만, 그는 "그게 말이지……"라며 얼버무리며 통 알아들을 수 없는 말을 할 뿐이다. "어이, 이름은 모르겠나?"라고 어쩔 수 없이 사환에게 물어보라고 하자, 사환도 마찬가지로 단지 민정서民政署에서 걸려왔을 뿐이라고 같은 말을 반복할 뿐이다. 하시모토橋本와 나는 '아마도 도모쿠마友熊로부터 걸려왔겠거니'라고 어림잡아 답장을 보냈다. 하지만, 이것이 시라니白仁 장관으로부터의 호의였다는 것은 뤼순旅順에 도착한 후에야 처음 알게 되었다.

뤼순에는 사토 도모쿠마佐藤友熊라고 하는 옛 친구가 있는데, 그는 경시총장이라고 하는 어마어마한 직책을 맡고 있었다. 도모쿠마라는 이름에서 풍기듯이, 그는 삿슈薩州[30] 출신 인물로, 얼굴부터 기질에 이르기까지 하나같이 똑 부러진 인물이었다. 처음 그를 알게 된 것은 스루가다이駿河台의 세이리쓰학사成立学舍라고 하는 지저분한 학교로, 그 학교에는 사토佐藤도 나도 요비몬予備門에 들어갈 준비를 하기 위해 다녔던 적이 있었기 때문에, 오래전 일이다. 사토는 그때, 소맷자락이 없는 옷에 정강이가 드러나는 하카마袴를 입고 나타났다. 나와 같이 도쿄東京에서 태어난 사람의 눈에는, 그 모습이 상당히 이상하게 느껴졌다. 딱 뱟코타이白虎隊[31] 중 한 명

---

30 【역주】삿슈(薩州) : 사쓰마(薩摩) 지방의 다른 이름으로, 현재의 가고시마(鹿児島) 현의 서부를 가리킨다.

31 【역주】뱟코타이(白虎隊)(백호대) : 아이즈(会津) 전쟁 당시 아이즈번(会津藩)이 조직한 16세부터 17세 사이의 사무라이 집안의 남자들로 구성한 부대. 참고로 아이즈(会津) 전쟁은 게이오(慶応) 4년(메이지(明治) 원년, 1868)에 보신(戊辰) 전쟁(사쓰마번(薩摩藩)과 조슈번(長州藩) 등의 서남에 위치한 번(藩)들이 메이지(明治) 덴노를 옹립하여 왕정복고를 통해 메이지(明治) 정부를 수립하고 에도 막부(江戸幕府) 측과 싸운 전쟁)의 한 국면으로, 아이즈번(会津藩)의 처우를 둘러싸고 사쓰마번(薩摩藩)과 조슈번(長州藩)을 중심으로 한 메이지(明治) 신정부 세력과, 아이즈번(会津藩) 및 이를 지원하는 오우에쓰렛반(奥羽越列藩) 동맹 등의 구 막부(幕府) 세력이 충

이 채 할복하지 못하고, 입학시험을 치러 도쿄東京에 나온 것으로 밖에 보이지 않았다. 교실에도 물론 나막신을 신은 채로 들어왔다. 하지만, 그렇다고는 해도 나막신을 신은 이는 사토佐藤뿐이 아니었다. 우리들도 언제나 나막신을 신은 채였다. 실내화나 맨발로 걸을 수 있는 학교가 아니었기 때문에 어쩔 수 없었다. 바닥은 구멍이 뚫려 있었고, 조심하지 않으면 가장자리가 부서지는 바람에 정강이를 깰 정도로, 보통 길보다도 오히려 상태가 좋지 않았다.

낡은 저택을 그대로 학교로 사용했기 때문에, 현관에서부터가 이미 교실이었다. 어떤 비 오는 날 나는 이 현관 위에서 시간을 때우고 있었는데, 검은 동유지桐油紙로 만든 비옷을 입고 만두 모양의 삿갓을 쓴 우편배달부가 문으로 들어왔다. 이상하게도 이 우편배달부는 쇠로된 주전자를 들고 있었다. 게다가 완전히 맨발이었다. 버선은 물론이고 짚신도차도 신고 있지 않았다. 그리고 보통이라면 현관 앞에 서서, 우편이라고 큰 소리로 부르는 데, 아무 말도 없이 그대로 성큼성큼 마루에서 교실로 들어왔다. 그런데 우편배달부라고 생각했던 사람이 바로 사토였기 때문에 매우 놀랐다. 왜 철제 주전자를 들고 있었는지 그 이유를 오늘에 이르기까지 들을 기회가 없었다.

그 후, 사토는 세이리쓰학사成立学舎의 기숙사에 들어갔다. 그런

돌한 전쟁. 현재의 후쿠시마현(福島県)이 그 주 무대가 되었다.

데 기숙사에서 식당에 불만을 품고 소동을 벌였을 때, 어쩌다 그랬는지 이마에 상처를 입고는 한참 동안 하얀 천으로 머리를 싸매고 있었는데, 그것이 마치 머리띠와 같이 보여 여간 늠름해 보이는 것이 아니었다. 식모에게 얻어맞은 거 아니냐고 놀림을 받는 등 험한 꼴을 당했지만, 나는 지금도 그 씩씩한 모습을 기억하고 있다.

사토佐藤는 그 무렵 머리카락에 숱이 없었다. 물론 나이가 많아서 대머리가 된 것은 아니지만, 그의 머리는 토양이 안 좋은 초원처럼 듬성듬성했다. 한문으로 표현하자면, '단발短髮이 드문드문 (종종種種)하다'라고 묘사하는 편이 좋을지도 모르겠다. 바람이라도 불면 머리카락 하나하나가 바람 부는 방향으로 쏠리곤 했다. 그의 머리는 요비몬予備門에 들어간 후에도 검어지지 않았다. 그래서 모두들 사토를 겨울 참새라고 자꾸만 놀려댔다. 당시 나는 겨울 참새가 어떤 것인지 몰랐다. 그렇지만, '사토의 머리와 같은 것이 겨울 참새겠거니'라고 생각하여, 덩달아서 겨울 참새라고 놀렸었다. 이 별명을 생각해 낸 사람은 그 후에 기사技師가 되어 지금은 홋카이도北海道에 있다.

이야기가 왔다 갔다 하지만, 뤼순旅順에 와서 10년 만에 사토를 만나서, 예의 머리를 주의 깊게 보니, 신기하게도 그 머리에는 머리카락이 골고루 빽빽하게 자라나 있었다. 원래부터 머리도 검지 않았는데 말이다. 요즘에는 호신護身을 위해서 이렇게 짧게 자르고 있다고 말하고, 웃으면서 1센티 정도로 빽빽 깎은 짙은 머리를 긁

적이며 내보였다.

뤼순에서 두 번째 전화가 온 다음 날 아침, 하시모토橋本와 나는,
이 옛 친구와 만나기 위해, 그리고 다시금 러일전쟁의 유적을 보기
위해, 다롄大連에서 기차를 탔다. 그때, 제코是公가 와서는 도모쿠마
友熊에게 인사를 전해달라고 한다. 제코是公는 무언가 용무가 있는
듯, 구니자와国沢와 둘이 역 구내를 횡단하여 묘한 방향을 향해 걸
어갔다. 이윽고 두 사람의 그림자는 사람들에 가려 기차의 차창으
로는 보이지 않게 되었다. 그리고 기차는 넓은 평야 한가운데로 나
아갔고, 그 유명한 만주満洲의 수수밭이 처음으로 눈 아래에 펼쳐
졌다.

22

"어이, 뤼순旅順에 도착하면 오래간만에 일본식 여관에 머물지
않겠는가?"라고 하시모토橋本에게 물어보자, "그렇군, 유카타浴衣
를 입고 뒹굴거리는 것도 좋지"라며 동의했다. 하시모토는 얼마
전 몽골에서 돌아왔기 때문에, 계속해서 중국 여관에서 실패한 이
야기를 해댔다. 그 중국 여관에는, 새북塞北에서 명성이 자자하고
그 정취는 강남江南을 압도한다라는 등의 광고 글이 덕지덕지 붙어

있었다고 하는데, 하시모토는 이와 같은 불만을 수첩에 가득 적어 두고 있었다. 그런데 이런 불만은 딱히 어디 다른 곳에 풀 수 있는 문제가 아니었기 때문에, 기차 안에서 그것을 남김없이 나에게 읽어주었던 것이다. 둘은 웃으면서 일본식의 깨끗한 여관을 상상하며 뤼순의 플랫 홈에 내리자 마차가 보였다. 우리들의 이름을 묻는 이가 있었다.

이 마차가 민정서民政署의 마차로, 우리들을 찾아온 사람이 와타나베渡辺 비서라는 것을 알고서 우리 둘은, 심히 어쩔 줄을 몰랐다. 하시모토橋本를 돌아보자, 변함없이 들창코에 타이완인지 파나마인지 모를 어떤 우글쭈글한 모자를 쓰고 있었다. "어이, 여관은 어떻게 할 거야?"라고 작은 목소리로 물어보자 그는, "응 그러게 ……"라고 대답했으나, 그러는 사이에 둘은 마차에 타지 않으면 안 되는 상황이 되었다. 원래부터 하시모토와 함께 다닐 때에는, 옛날부터 무엇이든지 하시모토가 나서서 처리하는 것이 당연했기 때문에, 이때에도 '어떻게든 해 주겠지'라고 생각하여 그냥 내버려 두었다. 그러자 예상대로 그는, "일본식 여관에 갈 작정이었습니다만……"이라고 와타나베渡辺 씨에게 의논하기 시작했다. 그런데 와타나베 씨는 아무래도 숙박가능한 일본식 여관은 한군데도 없을 테니, 역시 야마토大和호텔에 가시는 편이 좋을 것이라고 충고했다.

드디어 마차는 신新 시가지를 향해 출발했다. 우리는 약 15분

후, 호텔의 2층으로 안내를 받아, 서로 왕래할 수 있는 나란한 방을 두 개 잡았다. 나는 가방 안에서 솔을 꺼내서 먼지투성이의 옷을 털어낸 후에, 잠시 휴식하기 위해서 안락의자에 누웠다. 그러자 돌연 사방이 적막하게 느껴졌다. 호텔 안에는 마치 손님이 한 사람도 없는 것처럼 보였다. 호텔 밖에도 전혀 사람의 기척을 느낄 수 없었다. 베란다에 나가 길을 바라보니 상당히 넓은데, 난간 바로 아래에 있는 인도의 돌 한가운데에는 풀이 자라, 그 길이가 한 척이나 되는 것이 두세 떨기 보였다. 한낮임에도 불구하고, 벌레소리가 어렴풋이 들려왔다. 바로 옆에는 사람이 살고 있지 않은 집으로 보이는데, 걸어 잠근 문이라는 문에는 모두 담쟁이 넝쿨이 한 면을 가득 덮고 있었다. 길을 건너 반대편을 보니, 호텔보다 넓은 빨간 벽돌집 한 채가 보였다. 그렇지만, 벽돌이 쌓여 있을 뿐, 지붕도 이지 않았을 뿐더러, 창문에는 유리도 없었다. 비계에 쓰였던 목재들이 곳곳에 남아 있을 정도로 짓다 만 건물이었다. 쓸쓸하게도 공사가 중지된 지 몇 년이 되는지는 모르지만, 몇 년이 지나도 언제까지나 이대로일 것만 같은 느낌이 들었다. 그리고 나는 여기에 있는 모든 집과 건물에서, 그리고 아름다운 하늘 어디에서고 그와 같은 느낌을 받았다. 나는 베란다의 난간을 손바닥으로 짚으며, 구석에 있는 하시모토橋本에게 "왠지 쓸쓸하네"라고 말했다. 뤼순旅順의 항구는 거울처럼 암녹색으로 반짝였다. 항구를 둘러싼 산은 하나같이 민둥산이었다.

마치 폐허 같다고 생각하면서 방으로 들어와 보니, 침대에는 눈처럼 흰 시트가 깔려 있고, 바닥에는 부드러운 융단이 깔려 있었다. 그리고 멋진 안락의자가 놓여 있었다. 설비는 하나같이 신식으로 잘 갖추어져 있어, 안팎이 완전 정반대이다. 남만주철도가 경영하고 있는 이 호텔이 원래부터가 돈을 벌고자 하는 것이 목적이 아니라는 것을 알기까지, 이와 같은 모순은 계속 머릿속에서 떠나지를 않았다.

식당으로 내려가 창밖에 무성한 들꽃들의 향기를 맡으면서 하시모토와 둘이 조용하게 점심 테이블에 앉았을 때, 문득 기회가 있으면 여기에 와서 한여름 느긋하게 지내고 싶다고 생각했다.

23

뤼순旅順에 도착했을 때, 기차의 차창으로 목을 내밀자 바로 코앞의 산 위에 원기둥 같은 높은 탑이 보였다. 그 탑은 너무나도 높아서, 어깨까지 몸을 빼고 간신히 위를 올려다보지 않고서는 그 끝이 보이지 않을 정도였다.

마차가 신新 시가지를 통과해서 그 탑 바로 아래에 도착했을 때, 이곳이 백옥산白玉山이며 그 위의 높은 탑이 효추토表忠塔[32]라고 설명해 주었다. 가만히 들여다보면 높은 등대와 같은 모양을 하고 있었다. 설명에 따르면 약 200여 척(약600m)이라고 한다. 이 산기슭을 넘어 구舊 시가지를 빠져나가자 다시 산길이 나타났다. 그 길의 입구에서 조금 우측으로 들어간 곳에, 전리품 전시관이 있었다. 사토佐藤는 가장 먼저 그것을 보여주고 싶어서 우리 둘을 끌고 온 것이었다.

전시관은 원래부터가 산 위에 위치한 독립된 건물로, 그 산에는 나무라고 할 만한 푸른 것이 한 개도 없었기 때문에, 여간 쓸쓸한 것이 아니었다. 당시 전쟁에 종군했다고 하는 중위 A군이 덜렁 혼자서 지키고 있었다. 중위는 전시관에 나열된 수십 종 이상의 전리품에 관해 하나하나 꼼꼼하게 설명을 해 주는 수고를 마다하지 않았을 뿐만 아니라, 우리 둘을 계관산鷄冠山 위에까지 데려가, 풀도 나무도 하나 없는 높은 곳에서 저 멀리의 계곡을 가리키며, 자신이 종군할 당시의 무용담을 하나하나 자세하게 설명해 주었다. 처음 사토佐藤로부터 포대砲臺의 안내를 의뢰받았을 때 그는 오늘은 사정이 있어서 4시까지라면 괜찮다고 하는 조건이었다. 하지만 그는, 산부리에 서서 검을 채찍 대용으로 삼아 여기저기를 가리키며 설명을 하고 나서는, 중요한 용무는 제쳐둔 채 만주의 붉은 태양이 건너편 산 정상에 크게 걸릴 무렵까지도 돌아갈 줄을 몰랐다. 혹시 중요

---

32 [역주] 효추토(表忠塔) : 1938년(쇼와(昭和) 13년) 6월 1일 백옥산 정상에 건설된 높은 탑.

한 용무를 잊고 있었다면, 딱한 일이었기에, 이쪽에서 언질을 하자, 사실 아내가 몸이 좋지 않다고 하는 대답이 돌아왔다. 아무리 뻔뻔한 우리 둘이라고 해도, 그런 사정을 듣고서는 더 이상 폐를 끼치면서까지 조금 더 안내를 해 달라고는 말할 수 없었다. 물론 부탁하지도 않았다. 긴 해가 산을 넘어, 전기의 힘을 빌리지 않으면 사람의 얼굴도 알아볼 수 없을 무렵이나 되어서 우리들의 마차가 겨우 구시가지에 돌아왔을 때, 중위는 어떤 벽돌담 앞에서, "그럼 저는 여기서 이만 실례하겠습니다"라고 인사하고 마차에서 내려 문 안으로 급히 들어갔다. 이 벽돌로 담을 둘러싼 건물은 병원이었다. 즉 중위의 아내는 이 병원의 병실에 입원해 있던 것이다.

이만큼 신세를 지고, 귀찮은 일을 하게 해 놓고서는, 그 사람의 이름을 잊어버리는 것은 정말 미안한 일이지만, 도무지 생각이 나지를 않는다. 사토에게 인사를 전할 때에도 그저 그 중위라고만 썼다. 여기에 모 중위라고 성의 없이 다루는 것은 너무나도 실례되는 일이지만, 어쩔 수 없이 A군이라고 해 둔다.

A군이 친절하게 설명해준 전리품을 일일이 서술했다가는, 이 전시관만의 기록으로도 20장, 30장의 종이가 있어도 모자랄 판이라고 생각하지만, 유감스럽게도 대부분 잊어버리고 말았다. 하지만 유일하게 기억하고 있는 것이 있는데, 그것은 수자로 된 바탕에, 색은 옅은 회색을 띤 여성용 구두 한 짝이었다. 수류탄이나 철조망, 그리고 물고기형 어뢰와 모조 대포 등, 그 외의 전리품들은

그저 단순한 단어로 퇴화되어 지금 나의 머릿속에 거의 남아 있지 않지만, 이 구두 한 짝의 색상뿐만 아니라 모양만은 언제라도 선명하게 떠오른다.

전쟁 후에 어떤 러시아의 사관이 이 전시관을 둘러보기 위해 일부러 뤼순旅順까지 온 적이 있다. 그때, 그는 이 구두를 보고 매우 놀랐다고 한다. 그래서 A군에게, 이 구두는 자신의 아내가 신고 있었던 것이라고 했다고 한다. 이 자그마하고 가냘픈 하얀 구두의 주인은 전쟁 중에 죽어버렸는지, 아니면 아직까지 생존해 있는지에 관해서는 물어보지 못했다.

24

지금까지는 백마가 끄는 사토旅順의 마차에 얌전하게 타고 있었지만, 산에 오르자마자 예의 진흙 천지의 구덩이에 마차가 빠지고 말았다. 아무래도 보통의 마차로는 올라갈 수 없다고 하기에 포기할 수밖에 없었다. 그렇지만, 눈에 보이는 산이란 산에는 모두 포대砲臺를 설치하고 그 포대마다 마차를 몰고 꼭대기까지 오를 수 있는 넓은 길을 만들어 놓다니 역시나 러시아인이라고 감탄하지 않을 수 없다고, A군은 말했다. 사실 그 당시에는 깨끗한 마차가 상처 하나 입지 않고 포대가 있는 지점까지 쉽게 오를 수 있었던 것으로 보였다. 하지만 전쟁이 끝나 이 길이 필요 없게 된 지금에 이르러서는 모처럼 만든 산길을 손질할 기회가 사라져버린 것이었다. 결국 이처럼 낡아빠진 마차를 탄 우리들과 같은 괴짜들이나 나타나야 이 길이 가끔 부활하는 것이었다. 원래 뤼순旅順만큼이나 작은 민둥산이 사방에 산재해 있는 곳은 찾아볼 수 없는데, 나무가 자라지 않는 토질에, 인정사정없이 세찬 비가 쏟아지면, 경사가 많은 산길의 사면이 금세 길로 무너져 내렸다. 게다가 그 무너져 내리는 것이 보통의 흙이 아니라, 단단한 돌이다. 그것도 심하게 각진 돌이다. 어떤 곳은 5촌[33]에서 1척(약 15~30cm)이나 되는 화강암 때문에, 겹겹이 길이 막혀 있었다. 낡아빠진 마차가 인정사정없이 큰 소리를 내며 춤을 추어대는 통에, 울퉁불퉁한 강을 건너는 것보다 더 위험한 것 같았다. 2~3백 고지로 가는 도중에, 결국 이 화강암에 막혀 마차에서 내려야 했다. 이렇게 아픈 배를 움켜잡고, 비지땀을 흘리며 걷지 않으면 안 되는 상황이 되어버린 것이다. 계관산鷄冠山을 내려올 때, 말의 움직임이 무언가 이상해서 가만히 들여다보니, 왼쪽 앞발의 발톱에 큰 돌이 가득 끼어 있었다. 여간 큰 돌이 아닌 듯싶었는데, 발톱에서 튀어나온 돌 끝이 1촌(약 3cm)이나 되는 것도 있었다. 그래서 말은 조금 절룩거리며 마차를 끌고

---

33 【역주】촌(寸) : 척(尺)의 10분의 1로, 약 3.03센티미터.

있었던 것이다. 자리에서 고개를 빼고 이 모습을 보자니 너무나 걱정이 되어, 마차를 끌고 있는 말에게 불쌍하고 측은한 마음이 들었다. 마부에게 주의를 주자, 마부는 중국어로 뭐라고 말하며, 채찍을 놓고 아래로 내려가 살펴봤지만, 너무나도 세게 박힌 듯, 아무리 두들기고 당겨보아도 돌이 빠지지 않아 마부는 어쩔 수 없이 그대로 다시 느릿느릿 마차에 올랐다. 그러고는 뒤에 있는 내 쪽을 돌아보며 히죽히죽 웃으면서 다시 채찍을 들었다. 어찌된 일인지 말의 상태는 예상외로 괜찮은 듯했기 때문에, 그대로 야마토大和호텔까지 돌아왔다.

하시모토橋本와 나는 이처럼 마차와 길 위에서 흔들리면서 구 시가지를 빠져나왔다. 하시모토가 "멀리에서 보이는 저것이 스텟셀 장군의 저택입니다"라고 소개한 집은, 정말 훌륭하게 지어진 저택이었다. 전쟁이 발발하기 전에 장군이 멋진 마차를 몰고 이곳을 돌아다녔다는 것이 아득히 먼 옛날 일같이 느껴졌다. A군이 가리키며 알려준 곳 중에는 유일하게 소박한 판자로 울타리를 친 작은 집이 한 채 있었는데, 특이하게도 마치 일본의 내지에서 흔히 볼 수 있는 목조건물이었다. 집 주인은 매우 인망이 높은 사람으로, 전쟁 당시에도 가장 먼저 전사했다고 한다. "저런 소박한 집에 있었다는 것도, 그의 인망을 미루어 짐작할 수 있는 것 중에 하나겠지요"라며 A군은 정중하게 경의를 표했다. 그 장군은 오직 전쟁에만 열심이었고, 다른 일에 관해서는 무관심한 사람이었다고 한다. 하지만, 이 주변에 있는 러시아의 장군들의 저택은 모두 그에 상응하는 멋진 것들뿐이었다. 신新 시가지의 시라니白仁 장관의 집에 방문했을 때, 살고 있는 집이 상당히 좋은 곳이었기에, "원래는 누가 살던 곳이었습니까?"라고 묻자, 확실히는 모르나 어떤 대령의 집이었다라고 한다. "이런 집에 살며, 이런 경치를 바라볼 수 있다면, 내지를 떠난 충분한 보상이 될지도 모르겠습니다"라고 말하자, 시라니白仁 군이 웃으며, "일본에서는 여간해서는 이런 집을 구할 수 없지요"라고 말했다.

그러던 차에 마차는 거칠게 산길을 올라, 뤼순旅順의 시가지를 저 아래 멀찌감치 떨어뜨려놓았다. A군은 언덕을 오르는 중에 마차를 멈추게 하고, "저는 지름길로 먼저 가서 기다리고 있겠습니다"라고 말하며, 왼쪽으로 매우 비탈진 산길로 성큼성큼 걸어갔다. 우리들이 탄 마차는 다시금 느릿느릿 움직이기 시작했다.

25

아래를 내려다보니, 산의 경사는 그다지 급한 것이 아니었지만, 나무라고 할 만한 것은 전혀 눈에 띄지 않았다. 한 눈에 산기슭까지 내려다보일 뿐만 아니라, 산기슭에서 약 10리里 정도 떨어진 밭이 바로 눈앞에 펼쳐졌다. 이 주변의 공기는 내지보다 훨씬 맑기 때문에, 멀리 있는 것이 바로 코앞에 있는 것처럼 선명하게 보였다. 그중에서도 수수밭의 색이 가장 눈에 띄었다.

"저 끝에 새끼손가락의 둥근 끝부분처럼 작고 하얀 것이 보이시죠? 저기에서부터 이곳을 향해 참호를 팠습니다"라고 A군이 저 먼 곳을 가리키며 말했다. 이 주변에 구멍을 파는 것은 돌을 깨는 것과 마찬가지로, 한 정町(약 109m)을 파내려가는 것도 쉬운 일이 아니었다. 실제로 해자로부터 지하도로 연결되는 길을 만들 때, 아침부터 저녁까지 하루 종일 일해서 겨우 45센티미터를 파 내려가는 것만 해도 대단한 일이었다고 한다.

나는 내가 서 있는 높은 산꼭대기와 저 멀리 있는 하얀 부분을 참고해서 어림잡아 둘 사이의 거리를 계산해 보고는, 군인의 훌륭한 끈기와 근성에 감탄하지 않을 수밖에 없었다. "전부 다 해서 얼마나 파내려간 겁니까?"라고 물어보자, 바로 저곳과 같은 경우, 9월 2일부터 10월 20일에 걸쳐서 팠다라고, 검으로 가리키며 말해 주었는데, 정말 가공할 만한 인내심이 아닐 수 없다. 그때, 적도 반대편 포대砲臺 쪽에서부터 갱도를 파며 접근해 왔다고 한다. 일본의 병사들이 이 공사를 하고 있노라면, 어딘가에서 캉캉거리며 돌을 깨는 소리가 들려왔기 때문에, 적도 역시 어둠 속에서 한 치 한 치 접근하고 있음을 알 수 있었다고 한다. 화약으로 해자를 무너뜨린 것도 그때의 일이라고 말하며 중위는 그 무너진 토산 위에 서서 우리들을 돌아보았다. 우리들도 물론 그 위에 서 있었는데, 이 땅 밑은 파기만 하면 유해가 수도 없이 나온다고 한다.

토산土山 한구석이 조금 떨어져나가, 그 아래쪽에 어두운 구멍이 절반쯤 보였다. 그 천장의 두께가 약 6척이나 되는 시멘트로 되어 있다고 한다. 몸을 눕혀 그 구멍에 들어가, 천천히 돌 회랑을 내려가 며 이를 올려다보고 나서야 처음으로 그 견고함을 알 수 있었다. 회 랑을 무너뜨린 뒤, 이 두꺼운 벽을 파괴하지 않으면 포대砲臺를 어찌 할 방도가 없다는 점은, 공격하는 측에게 있어서 매우 곤란한 것이 었다. 게다가 이 작은 균열을 억지로 파고 들어가, 한 치 한 치 천천 히 시멘트를 쌓아 올린 지하도를 점령하는 것은, 말 그대로 인간을 초월한 인내력의 싸움임에 틀림없었다. 그때, 양 군의 병사는, 이 어둠 속에서 이 얼마 안 되는 엄폐물을 사이에 두고, 단지 일 척 정 도의 거리에서 공방을 벌였다. 엄폐물은 흙포대를 쌓아 만든 것이 라고 A군이 설명해 주었던 것을 기억하고 있다. 위로 머리를 내밀 었다가는 금방 총에 맞기 십상이기 때문에, 몸을 숙이고 난사를 했 다고 한다. 그것도 지치면 총을 쏘는 것을 멈추고, 서로 양측이 이야 기를 한 적이 있다고도 했다. 술이 있으면 달라고 하거나, 시체를 거두려고 하니 조금만 기다려 달라고 부탁하거나, 쓰잘머리 없는 일이니 이제 싸우는 것을 멈추자고 제안하는 등, 여러 가지 이야기 를 나눴다고 한다.

세 명은 어두운 회랑에서 나와, 다시 토산土山 위에 섰다. 해가 투명하게 밝게 민둥산을 비치고 있었다. 야생 국화와 닮은 작은 꽃이 곳곳에 피어 있었다. 가만히 햇빛을 쐬며 우두커니 서 있자니, 어렴풋이 벌레 울음소리가 들려온다. 풀잎 사이에 앉아 울고 있는지, 거의 무너져 내린 지하도 안에서 울고 있는지 알 수 없었다. 맞은 편에 중국인의 그림자가 두 명 보였지만, 우리들의 모습을 보자마자, 풀 속에 숨었다. "저렇게 무언가 파려고 온답니다. 잡히면 곤란하니까 저렇게 금방 도망가는 탓에 단속하는 것이 여간 어려운 것이 아닙니다"라고 말하며 A군은 쓴웃음을 지었다.

뒤쪽으로 돌아가자, 넓은 해자 안에 훌륭한 2층 건물의 병영이 있었다. 원래는 다리를 걸치고 건너던 것으로 생각되지만, 지금은 건널 수도 없다. 병영의 뒤는 원래부터가 산으로 둘러싸여 있어, 외부에서는 보이지 않게 되어 있었다. 세 명은 해자를 옆으로 건너가 더욱 높이 올라갔다. 이윽고 사방은 산 정상으로 둘러싸였다. 그리고 그곳에는 하나같이 포대砲臺가 설치되어 있었다. 중위는 각각의 이름을 모두 외우고 있었다. 나는 거칠 것 하나 없는 높은 하늘 아래 서서 수없는 산등성이를 내려다보며, 포대砲臺 유람도 간단한 것이 아니라고 생각했다.

26

다롄大連에 도착한 지 2~3일 지났을 무렵, 『만주일일신문滿洲日日新聞』의 이토伊藤 군으로부터 체재 중에 꼭 한 번 강연을 해 달라는 의뢰가 들어왔다. "예, 사정이 허락한다면 ……"이라고 수락도 거절도 아닌 가벼운 인사를 하고 뤼순旅順에 왔다. 그러자 그 이토 군이 우리들보다 하루 전에, 마찬가지로 야마토大和호텔에 숙박하고 있었는데, 그저 "여어, 자네도 와 있었나?" 정도의 간단한 인사로 끝나지 않았다. 이토 군의 말을 듣자 하니, 나의 승낙을 얻어 강연을 연다고 이미 자신의 신문에 광고를 냈다고 하기에, 나는 약해질 수밖에 없었다. "어떻게든 꼭 강연해주세요"라고 이토 군은 부탁을 해댔지만, 왠지 할 수 없을 것만 같은 생각이 계속 들고 해서, 나는 안락의자에 눌러앉아 까딱이며 대답을 망설이고 있었다. 그러자 하시모토橋本가 싱글싱글 웃으며, "까짓 해 준다니까"라고 옆에서 쓸데없는 말을 했다. 사실 열차를 타고 호텔에 도착하자마자, 여기에 있는 와키和木 군에게서도 강연 부탁을 받았다. 하지만, 원래 이곳에서는 여유가 없기 때문에, 그저 일방적으로 부탁만 받아둔 것이지만, 다롄大連에 돌아가서는 그렇게 바쁜 척을 할 수도 없었다. 하시모토橋本는 그 점을 잘 알고 있었기 때문에, "자네 그럴 때에는 흔쾌히 승낙하는 거라고, 그리고 자네와 같은 사람은 그럴 의무가 있네"라고 하는 등 여러 가지로 말참견을 했다. 내가 다롄에서 강연을 하게 된 데에는 전적으로 이 남자의 책임이 컸다. 그것도 짧은 시일 안에 강연을 두 번이나 하게 되었다. 그중 한 번은, 정말 강연할 내용이 없었기 때문에 어쩔 수 없이 나는 그날 밤, 왜 강연이라는 것이 그렇게 간단히 할 수 있는 것이 아닌가, 즉 강연을 할 수 없는 이유를 강연하겠다고 하는, 이상한 강연을 하고 말았다. 그 강연을 제코是公가 들으러 와서는, "그래 자네 여간 잘 하는 게 아니야. 이제부터 어디에서든 강연해도 된다고. 내가 허락하지!"라고 평해주었기에 고마운 일이었다. 그렇지만, 강연을 권유한 장본인인 하시모토는 태연한 얼굴을 하고 어딘가에 놀러가서는 들으러 오지도 않았다. 그런 주제에 내가 에이코瑛口에서 또 다시 강연을 부탁받자 이내, "자네 할 거지?"라고 "모처럼 부탁받은 일이 아닌가?"라고 여느 때처럼 나서기에, 어쩔 수 없이 아픈 배를 덮고 있던 이불을 박차고, 강연을 하러 갔다. 대신 내가 먼저 하겠다고 양해를 얻어, 하시모토의 강연은 듣지도 않고 곧바로 방으로 돌아와서, 다시 배에 이불을 덮고 있었다. 내가 이렇게 하고 있는 것을 본 하시모토는, "자네는 강연하는 동안에도 괴로운가?"라고 태연히 질문을 했다. 하지만, 초대를 거절하거나 할 때에는, "사실 이 사람은 위병胃病을 앓고 있습니다"라고 증인이 되어 주었던 것을 보면, 하시모토橋本는 단지 나의 강연에 한해서 냉정한 것일지도 모른다. 평톈奉天에서도 하마터면 강단에 서게 될 수도 있었지만, 하루 일정이 틀어지는 바람에 천하의 하시모토도, "자네, 부탁받은 일은 꼭 해야만 하네"라고 끼어들 여지가 없었다. 그리고 경성京城에서는 열차의 발착 시간은 물론이고, 숙소조차 바뀌었기 때문에 강연을 거절할 수 있었는데, 이는 오로지 하시모토가 없었던 덕분이었다.

재미있는 일은, 이 강연 권유가 양반이 나중에 삿포로札幌로 돌아가자마자, 스스로가 극심한 위병胃病에 걸려 갑자기 앓아눕게 되었다는 것이다. 그래서 보통이라면 매주 10시간 남짓 했던 강연을 불과 1시간으로 줄이게 되었고, 게다가 강연이 끝나자마자 약을 먹는다고 한다. 여행 중에는 "자네에게 병이 있음을 알면서도, 무리하게 강연을 권유해서 정말 미안했네. 무엇이든지 자신이 경험해 보지 않으면 모르는 법이군, 이렇게 위병에 괴로움을 겪고 나서야 알게 되었는데, 정말 아플 때에는 강연 따위가 가능할 리가 없구만. 자네가 그때 분발하여 강단에 서 주었던 것에 정말 감탄하고 있네"라고 극찬을 하며 사과를 전해왔다. 정말 하시모토가 한 말에는 틀린 구석이 없다. 그렇지만, 하시모토가 이렇게 나를 이해할 수 있을 만큼 위가 아팠다면 아무리 나라도, "자네 모처럼 부탁받은 일이니 강연을 하는 편이 좋지 않겠나"라는 말을 계속해서 들었다고 하더라도, 결국에는 강연을 거절했을 것이다.

27

시라니白仁 씨가 정찬을 대접했을 때에는, 민정부民政部 내의 사람들을 거의 만나볼 수 있었다. 모두 하나같이 카키색의 제복을 입고 있었다. 식사가 끝나자, 별실로 돌아가 이야기를 하고 있자니, 사토佐藤가 "내일은 아침부터 2~300고지 쪽을 보는 편이 좋을 거야. 안내를 붙여 줄 테니"라고 말했다. 나도 좋다고 대답했다. 그러자, 별반 대단할 것도 없는 안내라고 웃으며 말했다. "우리들은 일개 개인의 입장에서 유람하러 왔을 뿐이니, 공무를 담당하고 있는 사람을 써서는 면목이 없지만, 모처럼 안내를 붙여준다고 하니, 사환이든 누구든 상관없네. 비번이나 한가한 사람으로 족하네"라고 부탁했다는데, 이는 진심에서 우러나온 말이었다. 그때, 사토는 품속에서 자신의 명함을 꺼내어, 끝자락에 연필로 뭐라 적고는, "그럼 내일 아침 8시에 이 사람이 올 테니, 함께 가게나"라고 말했다.

당일 아침 8시에는 여느 때처럼 강한 햇살이 하늘이고 산이고 항구고 할 것 없이 구석구석을 비추고 있었다. 마차를 몰아 산으로 향할 때에는, 그 햇살이 땀구멍으로부터 온몸에 이르기까지 뚫고 들어올 것만 같이 공기가 투명했다. 변함없이 나무가 없는 산 정상에는 오직 햇살만이 가득했는데, 눈이 닿는 사방 모두가 밝게 빛나고 있었다. 그 밝은 발밑에서 탁 하는 소리가 나며 무언가가 튀어올랐다. 안내를 맡은 이치카와市川 군이 메추라기라고 알려주었기에 그제야 그런 줄 알았을 만큼 재빨랐는데, 메추라기는 그 사이 눈을 속이고 넓은 하늘로 사라져 버렸다. 그 자취를 올려다보니, 매우 큰 거울과 같은 하늘이었다.

그때, 우리들은 벌써 정상에 가까웠다. 여기까지 총알이 날아왔 다라고 하는 말을 들었는데, "여기에서 많은 사람들이 아군의 총알에 당했는데, 그것도 총알 자체 때문이 아니라 총알이 산에 맞아 돌에 굴절되어 튕겨졌기 때문입니다. 이렇게 경사가 급한 곳이기에, 여차 할 때에도 이내 멀리에서 달려와 적을 추적할 수도 없어서 모두 이와 같은 곳에 납작하게 달라붙어 있었던 것입니다. 그래서 아군의 총알이 눈앞에 떨어져 모래연기가 피어오를 때마다 그 틈을 타 조금씩 올라갔는데, 거센 모래연기에 섞인 돌 때문에 몸 전체가 상처투성이가 되었습니다"라고 이치카와 군이 자세하게 설명해 주었다.

아군의 총알에까지 당할 만큼 치열한 전투는 너무나 참혹한 것이라고 생각하면서, 꼭대기까지 올랐다. 그곳에는 이정표와 닮은 화강암으로 된 네모난 기둥이 서 있었다. 그리고 그 오른쪽을 조금 내려온 곳은 새롭게 땅을 파낸 것과 같이 담갈색으로 보였다. 이상하게도 여기 저기 검게 변색되어 있었는데 "이곳이 밑에서부터 석유에 적신 헝겊에 불을 붙여 던진 곳입니다"라고 말하며, 이치카와 군이 일부러 무너진 봉분 위에까지 내려왔다. 그리고 저 멀리 아래쪽을 바라보며, 산과 계곡 그리고 밭 등 하나하나 실제의 지형에 관해, 당시의 일본군이 어떤 경로를 통해 여기에 한발 한발 공격해 왔는지에 관해 이야기해 주었다. 불행히도 2~300고지에 오기는 왔지만, 어디가 동쪽이고 어디가 서쪽인지 방위가 도통 알 수 가 없다. 단지 광활한 대지와, 산 정상 몇 개인가가 굽이치고 있는 한 구석에 쪽빛의 바다가 두 군데 평평하게 보일 뿐이었다. 나는 단지 쾌청한 하늘 아래에 서서, 이치카와市川 군이 가리키는 방향을 바라보고 있었다.

자신이 직접 이곳으로 진격해 온 경험이 있는 이치카와 군의 이야기는 생생하고도 자세한 것이었다. 이치카와 군에 따르면, 6월부터 12월에 이르기까지 지붕이 달린 집에서 잠을 자 본 적이 한 번도 없었다고 한다. 어떤 때는 물이 고인 구덩이 한가운데에서 허리 아래를 모두 적신 채 몇 시간이며 입술색이 변할 때까지 떨기도 했으며, 식사는 총을 쏘지 않는 시간이라면 언제든지 상관없이 입에 쑤셔넣었는데, 그러한 식사조차도 비가 오거나 차바퀴가 진흙에 빠져, 말의 힘으로는 도저히 운반할 수 없는 적도 있었다고 한다. 지금 그렇게 지내다가는 일주일도 못 견디고 쓰러져버릴게 틀림없지만, 의사에 따르면, 전쟁 때에는 신체의 조직이 반응해서, 완전히 개와 고양이처럼 변한다고 웃으며 말했다. 이치카와 군은 지금 뤼순旅順의 경찰 부장으로 근무하고 있다.

28

뤼순旅順의 항구는 자루의 입구를 오므린 것처럼 좁아져 바깥 바다와 연결되어 있다. 자루모양 가운데는 언제 보아도 기름이라도 부은 것처럼 잔잔한 바다가 펼쳐져 있다. 처음 이 바다색을 멀리에서 보았을 때에는 기뻤다. 하지만, 물의 빛이 강하게 반사되어 항구 안쪽 바다가 단단한 한 장의 덩어리로만 보였기 때문에, 저 바다 위에 배를 띄우고 젓고 싶은 마음이 눈곱만치도 없었고, 물고기를 잡을 생각은 더더욱 들지 않았다. 러시아의 군함이 어디에 침몰했는지 따위는 생각할 여유도 없었다. 단지 머릿속으로 반짝 반짝하게 갈고 닦은 투명한 것들이 비쳐 들어올 뿐이었다.

나는 야마토大和호텔의 2층에서도 이 선명한 색을 바라볼 수 있었는데, 호텔의 현관을 출입할 때에도 이 날카로운 햇살 조각은 수도 없이 쏟아져 내렸다. 그럼에도 불구하고 이는 단지 강렬하고 아름다운 색채 그리고 빛이라고 느껴질 뿐이었다. 사토佐藤로부터 항구 안을 안내받기 전에는, 도저히 항구 안에는 사람이 들어갈 곳이 아니라고, 머릿속 깊은 곳에서부터 무의식적으로 생각하고 있었던 듯싶다.

어서 가자고 재촉 받았을 때에는, '역시나 뤼순에 온 이상, 그럴 만한 가치가 있는 곳에 가겠거니'라고 생각했다. 오늘의 동행은 아침에 다롄大連에서 온 다나카田中 군을 포함해서 5명이다. 항무부港

務部에 들어갈 때, 수병이 우리들에게 인사를 했다. 병사에게 인사를 받는 것은 태어나서 처음 있는 일이었다. 사토佐藤가 선두에 서서 들어갔다가 얼마 안 있어 나오기에, '벌써 배에 타는 건가?'라고 생각했으나, "얼른 들어가, 들어가게"라고 한다. 우리들은 석축 위에 서 있었는데, 발밑은 금세 작은 증기선과 연결되어 바다로 향했다.

10분 후 5명은 다시 고노河野 중령과 함께 사무실에서 나와 이내 작은 증기선으로 옮겨 탔다. 해군 장교가 하사와 수병에게 내리는 명령은 실로 간단명료했다. 배는 고노 중령이 말하는 대로의 속력과 방향으로 나아갔다. 항구의 입구에는 배 위에서 여기저기에 있는 잠수구潛水具에 공기를 보내고 있었다. 배의 수는 10척 정도였는데, 모두 오르락내리락, 파도에 출렁이고 있었다. 우리들 5명도 마찬가지로 파도에 흔들리고 있었다. 거울과 같이 보였던 만灣의 입구가 이렇게까지 출렁거리고 있을 줄은 생각도 하지 못했다. 파도에 몸이 오르락내리락 하기를 반복하는 데다가, 뜨거운 햇볕이 머리 위에 내리쬐는 탓에, 기분이 조금 안 좋아졌다. 하지만, 고노 씨와 같은 군인이 이를 알아챌 리가 없었다. "저런 펌프로 공기를 보내는 것은 구식으로, 때때로 잠수부들을 죽이곤 합니다"라고 설명해 주었다. 다나카田中 군은, 탄성을 지르며 짐짓 관심 있는 척 이야기를 듣고 있었다.

고노 씨의 이야기에 따르면, 러일전쟁 당시, 이 부근에 가라앉은 배는 몇 척이나 되는지 그 수를 알 수 없다고 한다. 일본인이 일부러 침몰시키기 위해 가져온 배만 해도 상당한 숫자라고 한다. 전쟁 후 수년이 지난 지금에도 아직까지 다 인양하지 못한 것을 보아도 어떤 상황인지 알 수 있다. 기계식 기뢰 등은 이 부근 해협에 3천 개도 넘게 설치되어 있었다고 한다.

"그럼 지금도 위험하겠군요?"라고 묻자, 아니나 다를까, "당연히 위험하지요"라고 대답했다. 침몰한 배를 인양하는 방법도 물어보았는데 그 방법에 관해서는 자세히 기억하고 있었다. 100킬로미터 정도나 되는 폭발물로 선체를 조각조각 잘라서 부순 뒤에, 그것을 6인치의 철사로 묶는데, 600톤급 부력을 지닌 배에 물을 채워 무겁게 한 다음에 간조干潮를 틈타 작업을 진행하고 나서, 그 뒤에 만조滿潮와 무자위[34]의 힘으로 끌어 올린다고 한다. 그러나 우리들이 바라보고 있을 때에는 아무리 지나도 그 무엇 하나 인양할 낌새가 보이지 않았다.

항구 입구에는 좌우의 산을 싹둑 잘라낸 듯한 언덕이 솟아 있는데, 그 위에 포대砲臺가 있었다. 그곳의 탐조등이 비춰댈 때 정말 곤란한데, 방위도 그 무엇도 완전히 알 수 없게 된다고 말하며, 고노河野 씨가 높을 곳을 손으로 가리켰다.

드디어 작은 증기선은 연기를 반대로 뿜으며 항구 안으로 돌아

---

34 [역주] 무자위 : 물을 높은 곳으로 퍼 올리는 기계. 비슷한 말로, 물푸개, 수룡, 수차(水車), 즉통(喞筒) 등이 있다.

갔다. 전투함이 늘어선 채로 격침되었다고 하는 곳을 옆으로 돌아, 다시 원래의 석축石築 밑에 도착하였다. 건너편의 해안에는 전리품인 부표나 닻이 많이 늘어서 있다. 모두 합하면 약 30만 엔의 가치가 있다고 고노 씨가 말했다. 문의 출입구에는 나무막이[35]의 표본 하나가 뉘여 있었다. 그 끝에는 마치 검처럼 뾰족하게 튀어나온 부분이 있었다.

29

목욕을 하고 싶다고 부탁해 두었는데, 준비가 되었는지 건너편 방에서 목욕물 끓는 소리가 빈번하게 들려왔다. 구두를 벗고 슬리퍼로 갈아 신고 문을 나서던 차에 급사가 들어왔다. 다나카田中 씨가 함께 쇠고기 전골을 먹으러 가지 않겠냐는 전언이었다. 쇠고기 전골이라는 이름은 이때 우리 둘에게 매우 신선하게 들려왔다. 그렇지만 사실을 고백하자면, 나에게는 털끝만큼도 식욕이 없었다. 소고기 전골은 집에서 준비하는지 물어보자, "아니요 근처의 식

---

35 [역주] 나무막이 : 적의 함정이 침입하는 것을 막기 위하여 항만, 해협, 강 따위의 뱃길에 설치한 방해물. 흔히 통나무를 쇠줄로 엮어 물에 띄운다. 순화되기 전에는 방재(防材)라고도 했다.

당"이라고 한다. 근처의 식당이라는 말은, 소고기 전골이라는 말
보다 한층 더 기이하게 들렸다. 호텔의 창문을 통해 길을 하루 종
일 내려다본들, 행인이라고는 거의 눈에 띄지 않기 때문이다. 밖으
로 나가 언덕까지 넓은 길을 한눈에 훑어보아도, 좌우로 보이는 집
은 손으로 꼽을 수 있을 정도로 많지 않았다. 그리고 하나같이 서
양식 건물인 데다, 그중 삼분의 일은 짓다 만 채로 비바람에 노출
되어 방치되어 있고 삼분의 일은 빈 집이었다. 물론, 나머지 삼분
의 일은 사람이 살고 있는 집이었다. 그렇지만, 그 집주인들은 대
략 월급을 받고 생활하는 정도의 수준으로밖에 보이지 않았다. 신
新 시가지라고 하는 이름이 붙어 있기는 하지만, 그 실상은 고요하
고 적막한 주택지에 지나지 않았다. 이 집들 중 도대체 어디에 소
고기 전골을 먹을 수 있는 집이 있는 걸까 하고 곰곰이 생각해 보
자니, 마치 소설 속의 이야기가 아닐까 하는 생각마저 들었다.

　다만, 낮의 피로를 잊기 위해, 그리고 위통의 불안에서 벗어나
기 위해 한시라도 빨리 목욕을 하고 레이스로 된 모기장 안에서 평
화롭게 잠들고 싶을 뿐이었다. 그래서 급사에게 지금 목욕을 막 하
려던 참이었으니 잠시 시간이 걸릴지도 모르기 때문에, 다나카田中
씨에게 부디 먼저 가시라고 전해달라고 부탁했다. 그러자 옆에 있
던 하시모토橋本가 여느 때와 같이, "그건 안 되지!"라고 말을 꺼낸
다. "모처럼의 초대를 그런 식으로 거절하는 법은 없지!"라고 다시
금 장황한 연설을 시작하려고 들기에 두려워져서, 어쩔 수 없이,

"그래그래, 그러면 말이지, 지금 목욕을 하고 있으니, 금방 가겠노라고 전해주게나. 꼭 그렇게 전해주게나 알겠나?"라고 당부를 하고 바로 욕조에 뛰어 들었다.

그 뒤에 나는 짐짓 태연한 얼굴을 하고, 모두와 나란히 호텔을 나섰다. 하늘은 매우 맑아, 별이 많이 보이는 밤이었지만, 달이 없어 길은 어두웠다. "위험하니 안내하겠습니다"라고 말하며, 호텔의 젊은 점원이 따라 왔다. 풀이 자란 사각형의 빈 터를 횡단하여, 가스도 전기도 없는 곳을 2블럭 정도 기약 없이 걷자니, 문 안쪽에서 갑자기 강한 빛이 새어나왔다. 현관에 여자가 두세 명 나와 있었다. 우리들이 오는 것을 기다리고 있었던 듯, 인사를 했다. 방에는 다타미가 깔려 있어, 책상다리를 하고 앉도록 되어 있었다. 창을 보니, 벽의 두께가 1척(약 30.3cm) 정도 되었는데, 이를 통해 처음으로 보통의 평범한 일본가옥이 아니라는 것을 알 수 있었다. 창의 높이는 다타미로부터 1척에 미치지 못해서, 벽 위에 걸터앉을 수 있을 듯했다. 그러자 여자는, "오르시면 위험하십니다"라고 말했다. 밖을 살펴보니 캄캄하고 조용했다.

여자는 서너 명으로, 모두 도쿄東京 말투가 아니었다. 다나카田中 군은 일부러 나고야名古屋 사투리를 따라하며 놀려댔다. 여자는 "정말 잘하시네요!"라는 등 칭찬을 했다. 그런데 예고했던 소고기 전골은 여간해서 나오지를 않았다. 술을 먹지 않고, 생선을 집적거리고 있자니 할 일이 없었다. 하지만, 정작 소고기 전골이 나왔을 때에도, 위의 상태 때문에 맛있고 자시고 할 것도 없었다. "천하에 진미라면 역시 소고기 전골만큼 맛있는 것이 없다고 생각하네"라고 다나카는 말했다. 다나카 군은 소고기 전골 예찬론자답게, 많이도 먹었다. 옆에서 보자니 정말 부러울 정도로 잘 먹는다. 나는 어쩔 수 없이, 다타미 위에 드러누워 잠을 잤다. 그러나 여자 한 명이 "베개를 빌려드릴까요?"라고 말하며, 자신의 무릎을 나의 머리 옆으로 갖다 대었다. 하지만, "이 베개로는 마음에 들지 않으시겠지요." 어쩌고저쩌고 말을 했다. 괜찮으니 조금 더 이쪽으로 와 달라고 부탁하고는 그 여자의 무릎 위에 머리를 기대고 잠을 잤다. 드물게 하시모토橋本도 역시 별로 내키지 않았는지, 나처럼 반대편에 누워 있었다. 머리맡에는 다나카 군이 여자를 상대로 바둑알로 기샤고하지키[36] 놀이를 하며 소란을 떨고 있다. 나는 너무나 조용했기 때문에, 무릎을 빌려준 여자가 잠이 들었다고 생각하여, 턱을 아래에서 간지럽혀 보았다.

돌아갈 때에는, 주인여자로 보이는 사람이 계속해서 머물고 가라고 권유했다. 문을 나서자 다시금 갑자기 어두워졌다. 호텔까지 괴괴하고 사람의 기척이 없는 길을 그림자처럼 걸어와, 방금 전의 시끌벅적했던 소고기 전골을 눈앞에 떠올려보니, 역시나 소설 속에서나 나올 법한 이야기 같은 느낌이 들었다.

---

36 【역주】 기샤고하지키(キシャゴ弾はじき) : 비단고둥 껍데기를 흩어 놓고, 손가락으로 튀겨 맞추는 아이들의 놀이.

30

조식朝食에 메추라기를 대접 할 테니 오라고 하는 초대가 왔다. 아침부터 초대를 받은 것은 캠브리지에 갔었을 때 분명히 하마구치浜口 군에게 초대된 적이 있다는 기억이 어렴풋이 남아 있을 뿐, 매우 드문 일이 아닐 수 없었다. 하물며, 오전 11시에 나가는 손님에게 만찬을 제공하는 경우가 세상에 어디 있는지 원. 그런데, 메추라기는 생전에 거의 먹어본 기억이 없었다. 옛날 마사오카 시키正岡子規가 특별히 편지를 보내 오미야大宮 공원으로 불러서는, 메추라기라고 하며 먹어보라고 했던 것이 처음이었다. 그 메추라기로 만든 아침을 만들어주겠다고 하여 특별히 초대를 하다니, 사토佐藤도 특이한 인물임에 틀림없다. 그러고는 "괜찮나, 다른 것은 아무것도 없다네. 메추라기뿐이야"라고 거듭 확인을 하는 것이었다. 도대체 메추라기를 몇 마리 먹여줄 작정인지 몰라서, 어디에서 받았느냐고 묻자, "아니 메추라기는 뤼순旅順의 명물이야. 이제 나올 시기니까 마침 딱 좋을 거야"라고 미리 잡아둔 것처럼 말했다.

나는 시라니白仁 씨에게 작별인사를 하러 갔었기 때문에 조금 늦게 도착했는데, 소고기 전골을 추천했던 다나카田中 군도 메추라기 아침식사에 함께 하는 것으로 보였다. 사토佐藤는 식사 준비를 살펴보기 위해 드나들었다. 그는 훌륭한 센다이히라仙台平[37]의 하카마를 입고는 있는데, 고시이타腰板(허리)[38] 부분이 묘하게 벌어져 있어, 마치 대합을 쪼개놓은 것처럼 보인다. 그리고 그는 이 기모노를 바닥에 끌리도록 늘어뜨려 입고 있었다. "그러면 이제 먹으러 가세나"라고 말하며, 옆 칸의 식당으로 안내했다. 서양식 식탁 위에, 가이세키젠会席膳[39]을 네 개를 나란히 두고, 드디어 메추라기 아침식사를 했다.

우선, 밥그릇의 뚜껑을 열자, 메추라기가 있었다. 이른바 메추라기 정식이니만큼, 이상하게 생각할 것도 없이 먹어치웠다. 접시 위에도 메추라기가 있었지만, 그것은 분명히 간장으로 구운 것인 듯했다. 그것도 맛있게 먹었다. 세 번째는 무슨 감자인가 뭐라고 하는 것과 함께 쪄낸 것으로 기억한다. 그렇지만, 유감스럽게도, 그 맛은 확실히 기억하고 있지 않다. 그것들을 조금씩 거의 먹어치울 무렵, 사토는 아직 더 있다고 말하며 다음 접시를 가져왔다. 이것도 물론 메추라기임에 틀림없었다. 그렇지만, 내온 것은 그저 서양식 유부로 만든 것으로, 자칫하면 앞서서 가져왔던 구이요리와 혼동하기 쉬웠다. 게다가 이 헷갈리기 쉬운 유부는 잘 조리된 것으로 보였는데, 아직 다 먹기도 전에 추가 요리가 등장했다.

---

37 【역주】 센다이히라(仙台平) : 센다이(仙台) 특산물로, 하카마(袴)의 옷감으로 쓰는, 정교하게 짠 극상품의 견직물. 또는 그것으로 만든 하카마(袴)를 가리킨다.
38 【역주】 고시이타(腰板) : 하카마(袴)의 허리 뒤에 대는, 천으로 싼 판자 조각.
39 【역주】 가이세키젠(会席膳) : 결혼식이나 공식연회 또는 손님을 접대할 때 사용하는 일본의 정식 요리인 가이세키(会席) 요리를 차려내는 옻칠이 되어 있는 상으로, 상다리가 없다.

이처럼 메추라기 요리가 넘쳐났기 때문에, 나도 모르게 그만 과식을 하고 말았다. 나의 뱃속에 집어넣은 뼈의 분량만 해도 상당했다. 다롄大連에 돌아와 위통이 더욱더 심해졌을 때, "메추라기의 뼈를 너무 많이 먹은 탓은 아닐까?"라고 하시모토橋本에게 상담했더니, 하시모토는 "딱 그 말이 맞다"라고 대답했다. 식사가 끝나고, 응접실로 돌아왔을 때, 사토佐藤가 갑자기, "때때로 자네 하이쿠俳句⁴⁰를 짓는다면서?"라고 물어보았다. 제코是公와 도쿄東京에서 만났을 때, 그는 싱글싱글 웃으며, "너는 신문사원이면서 대관절 어떤 하이쿠를 짓느냐"고 물었다. 이런 질문을 하는 것을 보면, 제코도 도모쿠마友熊도 참 똑같은 녀석들이 아닐 수 없었다.

하이쿠를 짓는다면 한 자 적고 가는 것이 어떠냐며, 묘한 종이를 내밀었다. 그것을 옆에 두고 이야기를 하자니, 어서 써달라고 재촉을 했다. 지금 생각하고 있는 중이라고 변명을 하자, 아~ 그런가? 라고 하며 다시 이야기를 시작했다. 끝날 무렵에 먹을 갈아, 결국 "手を分つ古き都や鶉鳴く 테오와카츠 후루키미야코야 우즈라 나쿠(옛 수도를 떠나려니, 메추라기 운다)"라고 썼다. 상대가 사토였던 만큼, '대충 써도 무슨 소리인지 모르겠지'라고 생각했는데, 아니나 다를까 사토는 종이를 들고는, "年を分つ古き都や……토시오와카츠 후루키미야코야……"라고 잘못 읽었다.

---

40 【역주】 하이쿠(俳句) : 5 · 7 · 5의 3구 17음절로 된 일본 고유의 단시(短詩).

메추라기가 가득 든 배를 움켜잡고, 호텔에 돌아와 계산을 마친 후에 역으로 향하자, 플랫폼에 큰 그물로 된 바구니가 있었다. 그 안에는 살아 있는 메추라기가 가득 들어 있었는데, 병아리를 집어넣었는지, 꾸역꾸역 움직이고 있었다. 발차 시간까지 조금 시간이 있었기에 다나카田中 군은 새장 옆에 가서 주인과 담판을 짓기 시작했다. 내가 다가갔을 때에는, 한 마리에 3전인가 4전이라고 하고 있었다. 그러던 차에, 역무원이 와서, "괜찮습니다. 이 기차에 실어 보내 드리겠습니다"라며 맡아주었다. 세 명은 이윽고 메추라기와 헤어져 기차에 올랐다.

31

더욱더 배가 아파왔다. 위장약을 씹거나, 호단宝丹[41]이나 설사약을 먹거나, 내지에서 가져온 가루약을 먹었다. 매일 밥을 먹고 태평히 산보를 하고는 있지만 실상은, '이거 견딜 수 없겠는데 ⋯⋯'라는 생각이 들 정도였다. 다롄大連의 병원을 보러 갔을 때, 너무 괴로운 탓에 안내를 해 주었던 병원장인 가사이河西 군에게, 나도 한번

---

41 [역주] 호단(宝丹) : 두통, 현기증, 구토 등에 쓰이는 적색 분말의 약.

진찰을 부탁해도 될지 물어보자, 가사이 군은 얼토당토않은 손님이라는 내색도 없이, 내일 10경에 오시라고 친절하게 받아주었다. 하지만, 다음날 10경에는 진찰에 관한 일은 까맣게 잊고는, 변함없이 사냥 모자를 쓰고 뜨거운 햇살 아래에 익어가며 돌아다녔다.

하시모토橋本가 "도대체 어디까지 갈 생각인가?"라고 물어보기에, "글쎄, 아마도 하얼빈哈爾賓까지는 가지 않으면 체면이 서지를 않겠지"라고 대답했으나, 그 하시모토는 어찌할 요량인지 전혀 모르겠다. 생각해 보면, 내지內地는 벌써 9월의 학기가 시작되어, 교수들이 슬슬 강의를 시작할 무렵이었다. "자네는 이제부터 어떻게 할 생각인가?"라고 하시모토에게 되물어 보았다. "글쎄, 나도 하얼빈 정도까지는 가보고 싶지만, 어쨌든 6월부터 학교를 비워두고 있기 때문에 말이야"라고 망설이고 있었다. 이처럼 의무감이 강한 남자를 꼬드겨서 엉뚱한 방향으로 끌고 간 것은 완전히 나 때문이었다. 그러나 하얼빈을 보고 펑톈奉天(지금의 선양瀋陽)에 돌아가자마자 하시모토에게 삿포로札幌에서 전보가 왔다. 전보를 보면서, "마침내 재촉을 받는군"이라고 쓴웃음을 짓고 있기에, "아니 뭐 서둘러 돌아가고 있다고 연락해 두면 되지 않겠나"라고 남의 일이라고 시원스런 조언을 했다.

드디어 하시모토가 북쪽으로 가기로 결정했기 때문에, 나는 모든 프로그램을 하시모토에게 맡기고 빈둥대고 있었다. 하시모토는 기차시간표를 보거나, 숙박 일정을 계산하거나 하며, 2~3일간은 계속 수첩에 연필로 무언가를 적고 있었다. 때때로, "어이 여기에서 화요일의 급행을 탄다거나 하는 것은 아무래도 무리일 것 같네"라고 물어보기에, "괜찮아 화요일이 안 되면 수요일의 급행을 타자"고 대수롭지 않게 말하자, 하시모토橋本도 그만 어이없어 했다. 이야기를 찬찬히 듣고 처음으로 안 사실이지만, 사실 하얼빈哈爾賓으로 향하는 급행은 일주일에 오직 두 편밖에 없었다. 보통 열차라고 해도, 게이힌京浜[42] 간 열차처럼 마구 있는 것이 아니라, 하루에 오직 두세 편밖에 없다고 한다. 그래서 "자네처럼 태평한 말을 해서는 안 된다니까!"라고 하시모토에게 혼이 났다. 그렇군, 안 되는군. 게다가 나의 구제불능은 기차에서 그치지 않았다. 지리 및 여정에 관해서도, 완전히 깜깜했다. 마찬가지로, 랴오양遼陽이라든지 평톈奉天이라든지 하는 이름은 기억하고 있었지만, 그곳이 어느 근방인지, 어디가 가까운지 등에 관해서는 전혀 알지 못했다. 게다가 이제부터 어디어디에서 머물고, 어디어디를 통과해 가야 하는지에 관해서도 전혀 무관심했기 때문에, 하시모토가 아연실색하는 것도 당연했다. 그래서 "어이 톄링鉄嶺에는 내리나?"라고 내가 물어보면, 그가 "아니 내리지 않네"라고 대답하고, 다시 내가 "흐음 그렇군"이라고 혼잣말을 하고 끝날 뿐이었다. 특별히 내려서 보고 싶은 것도 아니었기 때문이었다. 따라서 하시모토는 실로 순종적인 동반자를

---

42 [역주] 게이힌(京浜) : 도쿄(東京)와 요코하마(横浜)를 합쳐서 말하는 지명.

얻은 동시에 나는 좋은 수행인을 고용한 셈이었다.

이윽고 일정이 정해졌기 때문에, 제코是公에게 일정을 보여주자 그는, "평톈에 간 다음에 베이징北京으로 가서 그다음에는 샹하이上海, 그리고 샹하이에서 남만주철도의 배로 다롄大連으로 돌아와서는 다시 평톈으로 가서 이번에는 안봉선安奉線[43]을 타고 조선朝鮮으로 빠져나가는 것이 좋겠네"라는 엄청난 조언을 했다. 게다가 돈이 없다면 주겠다고 하는 주석까지 붙여서 말이다. 돈이 없다면 물론 받을 심산이었다. 하지만, 남아서도 곤란하기 때문에, 무작정 손을 내밀지는 않았다.

나는 돈 문제를 떠나, 단순히 시간 사정상 이 엄청난 여행 계획을 실행하지는 않았다. 그런 주제에, 평톈奉天을 떠나 드디어 조선朝鮮으로 이동할 때에 지갑 사정에 다소 문제가 있다는 것을 깨닫고, 제코是公에게 다소간의 돈을 요청했다. 원래부터 돌려줄 생각이 없는 돈이었기 때문에, 지금 전부 써버릴 작정이다.

떠날 때에는, 제코는 물론이고, 새롭게 알게 된 남만주철도의 사원들에 이르기까지, 모두 역까지 마중을 나와 주었다. "자네가 태어나서 아직 타본 적이 없는 열차에 태워주겠노라"고 말하며,

---

43 【역주】안봉선(安奉線) : 압록강을 건너 안둥(安東)(현재의 단둥(丹東))에서 평톈(奉川)(현재의 선양(瀋陽))까지의 철도로, 한국에서 남만주철도로 연결되는 지선이다. 이는 일본이 만주와 중국을 침략하던 시기에 한반도로부터 만주로의 병력과 군수물자를 나르던 중요한 보급로 역할을 했다.

제코는 하시모토橋本와 나를 작은 방으로 안내해 주었다. 열차가 움직이자, 하시모토가 시간표를 바라보며, "이보게 이 방은, 일등석 티켓을 사고 거기에 더해 25달러를 추가로 지불하지 않으면 안 되는 곳이라네"라고 말했다. 아니나 다를까, 시간표에 정확히 그렇게 쓰여 있었다. 전용 화장실, 세면대, 파우더 룸이 부속되어 있는 훌륭한 방이었다. 나는 아픈 배를 잊고 방 안에 누웠다.

32

광차[44]라는 손으로 미는 궤도열차에는 처음 타본다. 역에 내리자 울타리 밖에 대여섯 채의 연립주택과 같은 낮은 집들이 보일 뿐으로, 왠지 기차에서 버려진 듯한 느낌이 들었지만, 지금부터 광차로 15분 정도 걸린다는 말을 듣고, 그제야 납득할 수 있었다.

광차는 옛날 군대에서 만든 것을 손도 보지 않은 채 그대로 사용하고 있는 것 같았다. 궤도 사이에 풀이 자라 있으며, 궤도 밖에도 풀이 자라 있었다. 앞을 바라보니, 철색을 띤 레일 두 개가 어두운

---

44 [역주] 광차(鑛車) : 레일을 통해 광석, 목재, 인부 등을 수송하던 차량 전반을 가리킨다. 현재에는 이를 개조해 관광용 열차로 사용하기도 하는데, 이를 도롯코 열차라고 부르기도 한다.

풀숲 한가운데를 똑바로 관통하고 있었다. 그렇지만, 얇은 선로가 풀숲에 가려 보이지 않는 곳까지 살펴보아도, 건물다운 건물은 한 채도 보이지 않았다. 그리고 궤도의 양 측면에는 하나같이 수수밭이었다. 그 큰 이삭은 눈이 닿는 곳이란 곳을 모두 적갈색으로 물들인 듯 햇살을 빨아들이고 있었다. 하시모토橋本와 나 그리고 화물은, 눈부신 듯이 끝없이 넓은 밭 한가운데를 광차 위에서 흔들리며 움직여갔다. 광차는 얇고 긴 튼튼한 평상에 철제 차량을 붙인 것이라고 생각하면 크게 다를 바 없었다. 궤도 위에서 굴러가는 것을 옆에서 바라보면 매우 부드럽고 경쾌하게 달리는 듯하지만, 실제로 타 보면 위胃까지 울려올 정도로 흔들렸다. 운전하는 것은 물론 중국인이었다. 기세 좋게 2~30간間(약36~54m)[45] 정도를 힘껏 밀어낸 후, 훌쩍 뛰어올라 걸터앉았다. 땀 냄새나는 옅은 노란색 바지가 양복의 옷자락에 자꾸 닿아 기분이 나빴다. 그러나 속력이 둔해지자, 다시 맨발 그대로 내려서 어깨와 손을 하나로 맞대고 힘껏 밀었다. 더 이상 밀지 않아도 될 정도로 광차가 빨리 굴러서, 타고 있는 사람의 뱃속까지 적지 않게 울려댔다. 나는 이 광차를 탄 덕분에, 아픈 위가 더욱더 악화되었다. 차 위에서는 내내 위장약을 마시며 빨리 목적지에 도착하면 좋겠다고 생각했다. 기세 좋게 달리면 달릴수록 괴로웠다. 그럼에도 불구하고 차량에 걸터앉아 늘

---

45 【역주】 1간間은 약 6척(尺)으로 약 1.8미터.

어뜨린 다리가 부러지지 않은 것이 그저 다행할 따름이었다. 실제로 술에 취해 그대로 누워 있다가 정강이가 짓눌려 꺾어진 사람도 있다고 했다. 보아하니 하시모토橋本의 모자의 차양이 바람에 날려 펄럭펄럭 흩날리고 있었다. 나는 사냥모자의 앞 챙을 깊게 눌러, 될 수 있으면 햇살을 피하고자 했다.

괴롭던 15~20분이 지나고, 차량은 이윽고 멈춰 섰다. 궤도의 좌측 부분만 밭을 갈라 평평하게 만든 곳이었는데, 눈을 가득히 덮고 있는 붉은색의 수수를 백 평 남짓 베어내고는, 그 위를 검은 모래땅으로 만든 다음 그곳의 좌우에 긴 단층집을 지었다. 벽의 색은 아직 새로운 것이었다. 현관에 들어가 마루를 지나자, 창문 앞은 고작 2간間(약 2.6m)밖에 되지 않았다. 그 주위에 나팔꽃 같은 풀이 우거져 있었으나, 줄기를 감아올릴 대나무도 막대기도 없었기 때문에, 넝쿨이고 잎사귀고 간에 꽃을 둘러싸고 아무렇게나 뭉쳐있을 뿐이었다. 나팔꽃의 아래는 바로 절벽으로, 그 건너편은 넓은 모래밭이었다. 물은 절벽 바로 아래에 조금 흐르고 있을 뿐이었다.

하시모토橋本와 나는, 약속이나 한 듯 같이 일어나서 창가에서 밖을 내다보고 있었다. 머리를 내밀자, 절벽에도 집이 한 채 있다. 그러나 지붕의 기와밖에 보이지 않았다. 중국풍의 낡은 건물로, 회랑과 같은 계단을 오르면, 내가 있는 곳으로 이어지는 듯이 보였다. "저건 뭐지요?"라고 물어보자, 부엌과 아이들을 두는 곳이라고 한다. 아이들이란 아마도 작부와 게이샤芸者 따위를 가리키는 것이라고 추측해보았다. 눈 아래에는 다리가 놓여 있다. 두껍기는 하지만, 폭은 1척(약 30.3cm)이 채 못 되는 판자를 지그재그로 이어놓은 것에 지나지 않았다. 물은 그저 모래를 씻어낼 정로도만 흐르고 있어, 발등 정도만을 적신다면 쉽게 건널 수 있을 정도였다. 하시모토의 뒤를 따라서 손수건을 손에 들고, 이 다리를 건널 때, 판자의 한가운데에 멈춰 서서 아래를 내려다보자, 모래가 움직일 뿐으로 물은 전혀 찾을 수 없었다. 100리 정도 위로 거슬러 올라가면 은어가 잡힌다고 한다. 나는 기차 안에서 은어 튀김을 먹으며 만주滿洲에서는 귀한 생선이라고 생각했다. 아마도 이 상류에서 쿨리가 팔러온 것이리라.

33

발을 내딛으면 푹푹 빠지고, 발꿈치를 들라치면 모래가 우수수 떨어졌다. 해변보다도 무서운 모래땅이었다. 차갑지만 않으면, 맨발로 걷는 편이 기분이 좋았을 것이다. 나막신을 질질 끌며 걸으니 매 한 걸음마다 뒤로 밀려나서 답답했다. 그곳에서 1정町[46] 정도 나

---

46 [역주] 1정(町)은 약 60간(間). 약 108미터.

아가 판자로 된 울타리가 있는 작은 집 안을 들여다보니, 온천이 있다. 큰 사각형의 나무통을 가장자리까지 땅속에 묻어놓은 것 같은 욕조였다. 온천수가 가득 담겨 있었지만, 투명해서 바닥까지 보였다. 언제 붙은 것인지 모르지만, 바닥도 가장자리도 모두 파란 이끼로 물들어 있었다. 하시모토橋本와 나는 사정없이 온천에 뛰어들었다. 그리하여 멀리서 보면, 모래 한가운데에 생매장된 사람과도 같이, 머리만을 수평선 위에 내놓고 있었다. 중국인 중에는 실제로 생매장된 것과 같은 상태로 온천치료를 하는 이도 있다고 한다. 건너편에 보이는 수수 밭까지 가보지 않아서 잘 모르지만, 아무튼 이 강변의 폭은 엄청나게 넓었다. 그 평평한 곳의 어디를 파도 온천이 나오기 때문에, 알몸인 채로 손으로 모래를 좌우로 헤집어 움푹 팬 곳에 몸을 누이면, 돈을 한 푼도 들이지 않고 온천을 즐길 수 있었다. 거기에다 배 위에 모래라도 덮으면, 온천 이불이 되는 것이다. 다만, 모래 안에 솟아나는 온천수가 너무나도 뜨겁다. 찔끔찔끔 솟아나는 것을 큰 욕조에 모아 보면 그 색은 매우 아름답지만, 그것에 속아서 무심코 뛰어들었다가는 험한 꼴을 당하기 십상이었다. 하시모토와 나는 기세 좋게 유카타浴衣[47]를 벗어던지고 누가 먼저랄 것도 없이 경쟁하듯 정강이를 집어넣었지만, 이내 얼굴을 마주보며 움츠러들고 말았다. 다 큰 어른이 모처럼 알몸이 되

---

47 [역주] 유카타(浴衣) : 아래위에 걸쳐서 입는, 두루마기 모양의 긴 무명 홑옷. 옷고름이나 단추가 없고 허리띠를 두른다. 목욕 후 또는 여름철에 평상복으로 입는다.

어가지고 끝을 보지 못해서는 여간 찜찜한 것이 아니기 때문에, 둘은 얼굴을 마주보며 쓴웃음을 지으며 그 작은 집을 뛰쳐나와, 약 넷 하고 반 정町(약 486m) 정도 앞에 있는 공동 목욕탕에 가서는 마치 아무 일도 없었던 것처럼 몸을 첨벙 담갔다.

목욕탕에서 나와, 모래 위에 서서 강의 상류를 바라보니, 강은 빙 둘러 완만하게 굽이치고 있었다. 그 건너편에는 대여섯 그루의 큰 버드나무가 보였다. 그 깊은 구석에는 마을이 있다고 한다. 소와 말이 대여섯 마리 건너왔다. 먼 곳이었기 때문에 조그마하게 움직이고 있었지만, 그 색만큼은 정확히 구분할 수 있었다. 모두 다갈색을 띠고 있었는데, 버드나무 밑으로 다가가고 있었다. 소를 몰고 있는 사람은 소보다도 훨씬 작게 보였다. 이 모든 것이 흔히 말하는 남종화南宗畵를 방불케 해서, 너무나도 흥미로웠다. 그중에서도 높은 버드나무가 가느다란 잎을 하나하나 가지에 매달고 조용히 흔들리는 풍경은, 말 그대로 너무나도 중국다웠다. 멀리서 바라보아도 일본의 버드나무와는 풍치가 전혀 다르게 느껴졌다. 강물은 버드나무가 우거진 곳으로 사라지는데, 그 앞으로 한층 더 나아가면, 순식간에 눈에 부딪힐 것만 같은 큰 산맥과 맞닥뜨렸다. 습곡이 날카롭게 깎아지른 탓인지, 어떤 부분은 눈이 쌓인 것처럼 하얗게 비쳤다. 그만큼 그 주위는 거무튀튀하게 보였다. 한자어에는 최외崔嵬 혹은 찬완巑岏 등(산이 높고 험하다), 이와 같이 산을 형용하는 말이 많이 있지만, 일본어로는 정확한 말이 떠오르지 않았다. "저것은 무슨 산이지?"라고 옆에 있는 오시게大重 군에게 물어보자, 오시게 군도 알지 못했다. 오시게 군은 중국어의 통역으로 하시모토橋本를 따라서 몽골까지 갔던 사람이다. 나의 질문을 받자마자 그는 어딘가로 사라졌다가, 머지않아 돌아와서는 고려성자高麗城子라고 한다고 알려주었다. 토착민을 붙잡고 물어보고 왔다고 한다. 원래는 중국어 음으로 알려줬지만, 잊고 말았다.

젖은 손수건을 들고, 모래 가운데를 버석거리며 걸어 다리 근처까지 돌아오자, 절벽 위에서 젊은 여성이 맨발로 내려왔다. 다리는 폭이 1척尺(약 30.3cm)이 채 안 되었기 때문에, 어느 쪽이든 한쪽이 대기해야 한다고 생각했지만, 상대편은 아직 둑을 채 내려오지 못했기 때문에, 우리는 주저하지 않고 다리의 판자에 발을 내딛었다. 나막신을 두세 번 딸깍거리며 약 1간間(약 2.6m) 정도 나아갔을 때, 여자도 나도 같은 높이에 섰다. 그녀는 그곳에서 멈추겠거니 생각했으나, 폴랑거리며 판자 위를 춤추듯 나아가 나에게 접근해 왔다. 나와 그녀는 판자와 판자의 이음매 부분에서 만났다. 위험하다고 주의를 주자, 여자는 웃으면서 가볍게 인사를 하고, 나의 어깨를 스쳐 지나갔다.

34

내일은 배 밭을 보러 간다고 하시모토가 말하기에, 잘 부탁한다고, 알겠다고 대답한 뒤에 잠자리에 들었지만, 사실은 예의 광차에서 흔들렸던 것이 내심 괴로웠다. 그 때문만은 아니겠지만, 쉽게 잠들 수 없었다. 하시모토橋本는 벌써 코를 골고 있었다. 그것도 매우 호방하게. 이는 단자緞子[48] 침구와 너무나도 어울리지 않는 소리였다. 심지어 침구 아래쪽에는 금병풍金屏風마저 쳐져 있다.

다음날이 되자, 하늘은 흐리고 보슬비가 내리고 있었다. 창문에서 머리를 빼고, 한쪽 면이 젖은 모래사장의 색을 바라보며, 나는 "배 밭에 가는 것을 그만두고, 휴양해야 할까?"라고 말을 꺼냈는데, 하시모토는 우비도 갖고 있고, 덧신도 준비해 왔기 때문에 여간 의욕에 넘쳐있는 것이 아니었다. 특히 농과農科 교수답게, 배와 밤, 그리고 돼지와 소를 보고 싶은 마음이 남달랐다. 그는 잽싸게 준비를 하고 오시게大重 군을 동반하고 나갔다. 나는 우두커니 창문으로 보이는 산과 물 그리고 모래사장과 수수밭을 바라보았다. 약하게 흘러가는 강의 폭은 어제와 마찬가지로 거의 겨우 2~3촌寸 (약 6~9cm)에 지나지 않았는데, 그 한가운데의 철제 물받이가 모래에 묻혀 머리를 내밀고 있는 것을 발견하고는, "저것은 뭐지?"라

---

48 [역주] 단자(緞子) : 생사(生絲) 또는 연사(練絲)로 짠, 광택과 무늬가 있고 두꺼운 수 자직의 고급 비단.

고 하녀에게 물어보았다. "저것은 시추 흔적"이라고 하녀가 대답했다. 과연 만주滿洲의 하녀답게, 설명을 잘했다. 바로 지난번 비로 인해 위에서부터 모래가 흘러내려가기 전에는 전혀 다른 곳으로 흘렀기 때문에 저 곳에 온천을 신축할 작정이었다고 한다. 하기는 강의 흐름이 비가 한번 내릴 때마다 변해서야, 여간해서 그곳에 온천을 지을 수는 없다. 지금 창문 앞의 언덕 등의 지반도 상당부분 침수되어 있다.

그러던 중, 비가 멎었다. 지루했기 때문에 몸을 뉘였으나, 약 10분도 지나지 않았을 무렵, 하녀가 또다시 와서는, 지금 역에서 전화가 와서 지금부터 배 밭에 오고 싶으면 역에서 광차를 준비하겠다고 하는 문의였다. 비가 멎었기 때문에, 방에서 자고 있다고 하는 구실도 통하지 않겠지만, 이 이상 광차에 시달리는 것을 견딜 수 없다는 생각도 들고 해서 모처럼의 푸른 하늘을 올려다보며 미간을 찌푸렸다.

지금부터 가도 시간에 맞게 댈 수 있겠냐고 물어보자, 기계식 광차라서 기차와 마찬가지로 빠르다고 하는 이야기였다. 한층 더 위胃가 부대낄까 불안했지만, 열차와 같은 속도의 기계식 광차라는 것이 무엇인지도 알고 싶은 마음도 있고 해서, 그냥 가볍게 준비를 시작했다. 그러자 옆방에서 머물고 있던 손님 서너 명은 11시 기차로 다롄大連에 간다고 하며 마찬가지로 떠날 차비를 하기 시작했다. 그들을 보내는 하녀도 준비를 시작했다. 그래서 일행이 많아졌다. 그중에는 어제 다리 한가운데에서 스쳐 지난 소녀도 있었다. 그들은 나와 엉덩이를 맞대고 같은 차에 타게 되었다. 서로 등을 돌리고 앉아 있었기 때문에, 별다른 이야기는 나누지 않았고, 얼굴도 잘 보이지 않았다. 그렇지만, 그들이 나누는 말은 분명히 들을 수 있었다. 게다가 중국어였다. 원래부터가 무슨 소리인지 모르긴 했지만, 자주 쿨리를 야단쳤다. 그 말이 너무나 유창해서 놀랄 뿐이었다. 어제 미소를 지으며 인사를 하고, 나의 옆을 스쳐 지나간 소녀와 동일인물이라고는 도저히 생각할 수 없었다. 그 소녀는 우리들이 떠나기 전날 밤에, 처음 식사를 하러 나왔다. 램프의 그림자 아래에서 화장을 한 것은 알아볼 수 있었지만 마찬가지로 말을 섞지는 않았다.

괴로운 15분이 지나고, 차량은 다시 역에 멈췄다. 손님들은 곧 기차로 갈아타고 다롄大連 쪽으로 사라졌다. 하녀는 모두 온천으로 돌아갔다. 나는 혼자 구내를 배회했다. 소위 말하던 기계식 광차의 모습은 보이지 않았다. 그때 역무원이 와서는, 지금 송산松山을 출발했다고 미리 양해를 구했다. 그 송산은 이곳에서 한참 떨어진 곳에 있다. 나는 궤도 위에 서서, 일직선으로 평평한 길을 눈길이 닿는 최대한 멀리 바라보았지만, 광차가 나타날 기색은 전혀 없었다.

35

여관의 사람인지 역무원인지 모르겠는 양복을 입은 남자가 따라왔다. 이 남자의 안내로 마을에 들어가자, 마을의 길이란 길은 완전히 모래였다. 깊이는 약 5~6촌寸(약 18cm)이나 되는 것 같았다. 흙으로 만든 문밖에 여자가 서 있었는데, 우리들의 그림자를 보자마자 도망가 숨었다. 손에 든 긴 담뱃대가 눈에 띄었다. 개가 문 안쪽에서 계속해서 짖어댔다. 그 사이 마을이 끝나고, 송산에 접어들었다. 조금 과장스럽게 말하자면 아스카산飛鳥山[49]과 비슷한 크기에 벚나무대신 소나무를 심어 놓은 곳 같은 곳으로, 기분 좋은 평탄한 정원을 걷는 것 같은 곳이었다. 소나무도 3~40년 정도의 젊은 나무뿐으로, 잔디 위에 늘어서 있다. 봄철에 도시락이라도 들고 놀러 오기에는 딱 좋은 곳이지만, 만주滿洲라고 하기엔 별난 곳이었다. 나는 아픈 배를 잡고, 기어이 꼭대기까지 올랐다. 그러자 그곳에는 작은 사당이 있었다. 정면을 바라보고 주련柱聯[50] 등을 읽고 있자니, 바로 옆에서 베틀 북 소리가 들렸다. 사당지기라도 있는 듯싶어서, 하얀 벽을 잘라낸 입구에 몸을 구부리고 안으로 들어

---

49 【역주】 아스카산(飛鳥山) : 도쿄도(東京都) 기타구(北区)에 있는 낮은 산. 벚나무가 많아, 도쿄(東京)의 벚꽃 명소 중 하나로 꼽힌다.
50 【역주】 주련(柱聯) : 기둥이나 벽 따위에 장식으로 써서 붙이는 글귀. 주로 한시(漢詩)의 연구(聯句)를 쓴다.

갔다. 어두운 봉당을 지나, 안쪽 깊은 곳을 들여다보니, 창 옆에 기계를 설치하고 하얀 수염을 기른 할아버지가 부지런히 북을 던지고 있었다. 짜고 있던 것은 성긴 흰색 천이었다. 안내인이 한두 마디 중국어로 뭐라 말하자, 노인은 손을 멈추고, 느긋하고 큰 목소리로 대답을 했다. 나이가 70이라고 안내가 통역해 주었다. 덜렁 혼자 여기에 있으면 식사는 어떻게 하느냐고 통역을 부탁해 보았다. 아래에 있는 집에서 보내주는 것을 먹는다고 한다. 아래에 있는 집이라면 즉, 배 밭의 주인이 있는 곳이라고 안내는 설명했다.

이윽고, 산을 내려와 배 밭에 가려고 했으나, 정면으로 들어가는 것은 귀찮으니 제방을 넘어가는 것이 어떻겠냐고, 안내인이 말을 꺼냈다. 나는 이내 그러자고 하고, 가마보코蒲鉾[51] 모양의 토담의 건너편으로 달려 내려왔다. 위가 너무나 아팠다. 나무 밑을 몸을 구부리고 20간間(약 52m) 정도를 지나자, 건너편에 하시모토橋本를 시작으로 일행이 의자에 앉아서 배를 먹고 있었다. 팔에 금줄 장식을 넣은 역장도 함께였다. 나도 모두에 섞여 하나 둘 먹었는데, 위 속에 무언가를 넣으면 일시적으로 아픔이 멈추기 때문이었다. 그리고 밭 안 여기저기를 걸었다. 여기의 배는 마치 사과처럼 붉은색을 띠고 있었다. 크기는 일본의 배의 절반도 되지 않았다. 하지만 작아서 그런지 방울처럼 많은 열매가 나뭇가지를 늘어뜨리며 겹겹이 달려

---

51 【역주】 가마보코(蒲鉾) : 어묵, 생선묵.

있었는데, 그 모습이 너무나도 멋졌다. 주인이 그중에서 가장 맛있는 것을, 뭐라고 했는지 이름은 기억하지 못하겠으나, 머슴을 시켜서 소쿠리에 가득 따서는 모두에게 대접했다. 주인은 중국인처럼 생긴 키가 큰 남자로, 여유 있는 모습으로 서 있었다. 안내의 말에 따르면 2천만인가 2억만인가 하는 재산가라고 하는데, 아무래도 거짓말인 듯싶었다. 그는 진이 강한 미국산 담배를 피우고 있었다.

배를 먹는 것도 슬슬 질릴 무렵, 하시모토가 통역인 오시게大重 군에게, 여러 가지로 신세를 져서 감사하니 답례를 하기 위해 배를 30전어치 정도 사서 돌아가고 싶다고 하는 말을 전해달라고 부탁했다. 이 말을 오시게 군이 매우 진지한 얼굴로 중국어로 통역하자, 주인은 도중에 웃기 시작했다. 30전어치 정도라면 그냥 드릴 테니 가져가시라고 한다. 하시모토는 그럼 받아가겠다는 말도, 그리고 30전을 30엔이라는 말로 고쳐 말하지도 않았다. 숙소에 돌아가자, 하녀가 어떤 손님과 함께 배 밭에 가서 배를 7엔어치 정도 기념품으로 사가지고 왔다고 하는 이야기를 해 주었다. 그때, 하시모토橋本는, "아 그런가? 나는 30전어치를 사오려고 했는데, 30전 정도라면 그냥 주겠노라고 했다네"라고 뿌루퉁해 했다.

36

벽이란 벽은, 흑손으로 발라서 말린 것 같은 느낌이 드는데, 이 벽은 보통의 진흙이 햇빛에 말라붙은 것과 별반 다를 게 없었다. 단지, 대지와 직각으로 서 있다는 점에서, 진흙이 아닌 벽과 닮아 있을 뿐이다. 그 윗부분에는 서양의 성과 같이 모양 좋게 사각의 구멍을 몇 개고 뚫은 성루의 모양을 하고 있었다. 하지만, 무엇보다 사람의 이목을 끄는 것은, 이 구멍마다 보이는 붉은 깃발이다. 깃발은 구멍의 개수만큼 있었는데, 구멍의 수는 하나둘이 아니었기 때문에, 왠지 번화하게 보였다. 처음 이 풍경을 접했을 때에는, 마을의 축제로 젊은이들이 재미삼아 설치한 것은 아닐까라고 추측했었다. 그런데 이 망루는 마적의 습격에 대비하기 위해, 배 밭의 주인이 일부러 집의 네 귀퉁이에 설치한 것이라는 말을 듣고 한편으로는 놀랐으나, 한편으로는 이상했다. 왜 저런 붉은 깃발을 구멍에 하나하나 걸어놓았는지가 도무지 알 수 없었다. 그러나 뒤쪽으로 돌아가, 층계를 올라 보고 나서야 이 붉은 깃발 하나하나가 총포의 숫자를 의미한다는 것을 알게 되었다. 총들은 박물관에라도 있을 법한 낡고 큰 것이었는데, 이것저것 하나같이 녹슬어 있다. 총알을 장전하더라도 총구로부터 무언가 나올 리 만무하다고 여겨질 정도로 안전하게 거치되어 있었다. 무엇보다 붉은 깃발만은 세심하게 동여매어져 있었는데, 정확히 벽에 난 구멍을 통해 밖에서 보이도록 걸려 있다. 병사들은 하나같이 지저분한 얼굴을 하고 뒤에 있는 작은 방에서 빈둥대고 있다. 말 그대로 마적의 습격에 대비하기 위해 고용한 병사였지만, 그 실상은 일당 3~40전의 쿨리일 뿐이었다. 망루에서 내려와 문을 나서기 전에, 집 안을 볼 수는 없겠느냐고 통역을 부탁하자, 주인은 머리를 흔들며, 거절했다. 여자가 있는 곳은 보여줄 수 없다고 한다. 그 대신 객실에 안내해 주겠다며 지배인을 붙여주었다. 그 객실이라고 하는 곳은 길을 건너 건너편에 있는 한 채의 집이었다. 밖에는 큰 버드나무가 긴 잎사귀를 하늘에 조용히 드리우고 있었다. 기다란 집에 들어가자, 쥐색의 노새가 나무 기둥에 묶여 있었다. 나는 그 노새를 보자마자, 삼국지를 떠올렸다. 왠지 유비현덕이 타고 있던 말 같았다. 무엇보다 만주滿州에 와서 노새를 처음 보는데, 키는 작은 데다가 배와 몸 전체가 둥글고 다부져 보여, 악의라고는 전혀 찾아볼 수 없는 착한 동물로 보였다. 하시모토橋本가 노새에 대한 강의를 하기 시작하는데, 우선 노새[52]와 결제駃騠[53]의 차이가 뭐냐는 등, 진지하게 듣고자 하는 나에게 그저 장난칠 생각밖에 없는 듯했기에, 입을 다물고 안장을 달지 않은 맨몸의 노새를 바라보기만 했다. 노새는 머리를 숙이고 짧은 풀을 먹고 있었다.

문의 막다른 곳이 말하자면 객실이었는데, 두 짝의 덧창을 좌우

---

52 [역주] 노새 : 말과의 포유류로, 암말과 수나귀 사이에서 난 잡종.
53 [역주] 결제(駃騠) : 암나귀와 수말 사이에서 난 잡종.

로 열고 들어가는 것 등이 절과 닮았다. 그 안은 지저분했다. 손님이라도 초대할 때에는 임시로 청소를 하는지 묻자, 그렇다고 대답했다. 주인에게 인사를 하고 다시 송산松山을 빠져나오자, 소나무 사이에 소가 방목되어 있었다. 역장이 가면서 나팔버섯을 땄다. 어디에서 찾아내는지 신기할 정도로 잘 찾아냈다. 하시모토橋本도 나도 반신반의하며 찾아보았지만, 전혀 찾을 수 없었다. 산을 내려갈 때, "이보게, 만주満洲를 기차로 지날 때에는 심하게 불모의 땅이었지만, 이렇게 높은 곳에 올라보니 옥야천리沃野千里[54]라는 말이 실감이 나는군"이라고 하시모토에게 말을 꺼냈지만, 하시모토는 그렇게 생각하지 않는 듯, 별달리 대꾸도 하지 않았다. 나는 대지가 발하는 색상을 보고 '옥야천리'라는 말을 떠올렸다. 송산 위에서 내려다보면, 높은 해가 비쳐 갈색이나 노란색이 줄무늬나 층층무늬, 아니면 어떤 모양을 이루거나 했으며, 옅은 안개는 구름과 접해 평야 전체를 덮고 있었다. 만주는 정말 넓은 곳이었다.

숙소에 돌아오자, 여주인이 역장이 보내준 나팔버섯을 국으로 끓여서 저녁 식사에 올려주었다. 그것을 먹고, 배 밭과 마적 그리고 흙으로 된 망루와, 붉은 깃발에 관한 이야기를 나누며 잠들었다.

---

54 【역주】옥야천리(沃野千里) : 끝없이 넓고 기름진 들판.

37

떠날 준비를 하고 있자니, 여주인이 노트를 갖고 와서, 여기에 한 수 부탁드린다고 부탁해 왔다. 여주인은 나를 두 명 붙여놓은 것처럼 뚱뚱했는데, 그런 까닭에 몸이 좋지 않다고 한다. 처음에는 그녀가 뭐하는 사람인지 몰랐지만, 여주인이라는 것을 알고 나니 하녀들과 태도가 달라서 놀라지 않을 수 없었다. 여주인은 그 체격만큼이나 성격 좋은 여자였는데, 어떻게 저렇게 닳고 닳은 하녀들을 능수능란하게 부릴 수 있는지 궁금할 정도였다. 노트를 앞에 두고, "부탁드립니다"라고 손을 무릎 위에 포갰다. 그 무릎의 두께는 약 8촌寸(약 24 cm) 정도나 되었다.

노트를 열자, 첫 페이지에 임학박사林學博士 H군이 "우리나라의 산수와 닮아 있다"라고 먼저 한 수 적어둔 것이 보였다. 그 다음에는 어디 어디 연대장이 뭐라 뭐라 적고 있다. 노트인지, 서화첩인지 분명하지 않았지만, 세 번째 페이지에 기념으로 한 수 남겨줄 것을 요청해 왔다. 하시모토橋本는 노트를 보자마자, 반대쪽을 바라보며 뿌루퉁하고 있다. 나는 어쩔 수 없이, 쓰기는 쓸 테니, 조금 기다려 달라고 부탁했다. 그러자 여주인이 "그러지 마시고 자 어서 어서"라고 두 번이나 재촉하듯 절을 했다. 물론 거짓말을 내뱉을 마음은 처음부터 없었지만, 이렇게 절을 받으며, 한 자 써 달라고 부탁받을 만큼 명필도 아니라고 하는 생각이 들어, 여간 곤혹스럽고 부끄러운 것이 아니었다. 그때, 하시모토가 여느 때처럼 말참견을 했다. "이 사람은 거짓말을 하지 않으니, 걱정하지 마세요. 금세 써 줄 거예요"라고 말하며 웃고 있다. 나는 다시금 잡담을 하면서, 그 사이 쓸 문구라도 생각하지 않으면 안 되게 되었다.

동정해줄 사람이 많을 것으로 생각하기에 고백하지만, 여행을 하며 나의 악필 따위를 간절하게 요청받는 것만큼 귀찮은 일은 없다. 게다가 하이쿠俳句를 짓는 데 몰두하여 벽과 기둥에라도 써 갈길 법한 시대라면 몰라도, 쓸 재료가 떨어진 요즘, 나에게 무언가 기념하기 위해라며 단사쿠短冊⁵⁵라도 내미는 날에는 빚쟁이의 청구서를 받는 것보다 괴롭다. 다롄大連을 떠날 때, 짐을 가방에 단단히 챙기고는 '자 이제 괜찮겠지'라고 일어설 때, 문득 눈에 띄어 살펴보니, 화장대의 거울 밑에 얇고 긴 종이봉투가 있었다. 의아한 생각이 들어, 펴 보니, 단사쿠였다. 언제 누가 가져와 놓고 갔는지는 알수 없지만, 그 의미는 대략 추측이 가능했다. 하이쿠를 써 달라고 가져온 것이지만, 내가 마침 자리를 비우고 있었기 때문에 다시 와서 부탁하려고, 일부러 단사쿠만을 남기고 갔음이 틀림없다. 나는 이때, 화장대에서 종이봉투를 들어 가방 안에 쑤셔 넣고는 호텔을 나왔다. 그 단사쿠는 지금도 누구의 것인지 알 수 없다. 숫자는 대략 5~6장으로 구름 모양의 멋들어진 것이었지만, 조선朝鮮에 와서

---

55 [역주] 단사쿠(短冊) : 와카(和歌), 하이쿠(俳句) 등을 붓으로 쓰기 위한 두껍고 조붓한 종이. 보통 세로 36cm, 가로 6cm.

하이쿠를 부탁받을 때마다 여기에 써서 주었기 때문에, 지금은 한 장도 남아 있지 않다. 창춘長春의 여관에서도 그곳의 여주인에게 붙잡혔다. 이 여주인은 요코하마橫浜 출신이라고 말하며 멋들어진 말씨를 구사했는데, 새로운 접이 수첩을 두 권을 꺼내어, "여기에 한 수 부탁합니다"라고 같은 내용을 두 곳에 써 달라고 부탁해왔다. 내용이 같지 않으면 안 되는지 물어보자, 그렇다고 대답했다. 그 이유는 부부가 헤어져 있을 때, 서로가 한 권씩 나누어 가질 수 있기 때문이라고 한다. 이런 일들을 일일이 나열하자면, 조선朝鮮의 연회에서 명주 천을 꺼내와 부탁받은 일까지도 쓰지 않으면 안 되기 때문에, 이 정도로 하고 원래 이야기로 돌아가서 뚱뚱한 여주인에 관한 이야기를 마무리 짓자면, 나는 절박한 마음으로 기차 시간에 늦지 않도록 한 수를 떠올려냈다. 수가 떠오르자마자, 노트의 세 번째 페이지에 "유가쿠조熊岳城에서"라고 머리말을 쓴 후, "黍遠し河原の 風呂へ渡る人(수수밭에서 먼 강가의 목욕탕으로건너가는 사람)"이라고 적고, 안도의 한숨을 내쉬었다. 그리고 여주인에게 인사고 뭐고 받을 틈도 없이 서둘러 광차에 올랐다. 버드나무의 줄기를 전화용 전신주로 사용했는데, 어느 새 이것이 뿌리를 내려 철사 옆으로 푸른 잎을 내고 있는 것을 발견하고는, 저것도 하이쿠俳句로 썼으면 좋았겠다고 생각했다.

38

창문을 내다보니, 어느새 수수가 보이지 않았다. 방금 전까지만 해도 저 멀리에 노란 지붕을 여기저기에서 볼 수 있었지만, 그것도 사라지고 없다. 그 노란 지붕들은 아름다웠다. 저것은 옥수수를 말리고 있는 것이라고 하시모토橋本가 설명해 주었기 때문에, 그제야, '그렇구나!'라고 알게 되었을 만큼, 전혀 옥수수로 보이지 않았다. 조선朝鮮에서는 마찬가지로 지붕 위에 고추를 말리고 있었다. 소나무 사이로 보이는 외딴 집이, 가을 하늘 아래에서 타는 듯이 붉었다. 그렇지만, 그것이 고추라는 것은 한눈에 보고 알 수 있었다. 만주滿洲의 지붕은 거리가 멀었던 까닭인지, 그저 망막하고 단조로운 풍경을 자극하는 색채로밖에 생각이 들지 않았다. 그렇지만, 그 지붕도 수수도 모두 가려져, 오직 지면밖에 보이지 않게 되었다. 그 지면에는 적흑색의 가시나무와 같은 풀이 한없이 자라고 있었다. 처음에는 여뀌의 한 종류라고 생각했으나, 하시모토에게 물어보자, 그는 금방 머리를 흔들었다. 여뀌가 아니라, 해초라고 한다. 아니나 다를까, 평원이 끝나는 언저리를 눈을 가늘게 뜨고 자세히 살펴보자, 어두운 안쪽에 한 줄 둔탁하게 빛나는 것이 있는 것처럼 보였다. "해안인가?"라고 하시모토에게 물어보았다. 그때는 벌써 해질 무렵이었다. 한없이 무성한 붉은 풀이 자란 곳 옆이 안개에 둘러싸여 다소 푸르게 보일 무렵이었다. 분명히 눈에 보이는 곳을 잘 살펴보니, 마른 흙이 아니다. 밟기라도 하면 이내 구두 밑을 적실 듯이 물기를 품고 있다. 하시모토는 소금기가 있기 때문에 곡물의 씨앗이 트지 않는다고 한다. "돼지도 나지 않겠지?"라고 나는 하시모토에게 되물어 보았다. 기차에 타기 시작해서 만주의 돼지를 보았을 때에는, 실제로 무슨 괴물이라도 만난 것 같았다. "저 검은 기묘한 동물은 뭐냐?"라고 진지하게 물어보았을 만큼, 위화감에 휩싸였었다. 그 이후 만주満洲의 돼지와 괴물은 떼려야 뗄 수 없는 존재가 되었다. 이 어슴푸레한 이끼와 같은 짧은 풀밖에 없는 불모의 대지의 어디엔가 그 괴물이 분명히 흩어져 살고 있는 것이 틀림없다는 생각이 줄곧 머릿속을 떠나지 않았다. 그렇지만, 괴물과 만나기 전에, 해는 완전히 지고 말았다. 눈앞에 넘쳐나던 적흑색의 풀의 그림자는 점차 밤의 단색單色으로 변해갔다. 다만 북쪽의 하늘에만 석양의 여운과 같은 밝은 곳이 남아 있을 뿐이었다. 그래서 그 밝은 구름 밑이 유난히 검게 보인다. 마치 높은 성벽의 그림자가 계속해서 길게 하늘을 가리고 있는 것처럼 보였다. 나는 이 높은 그림자를 바라보며, 나도 모르게 만리장성과 비슷한 옛 유적의 옆이라도 달리고 있는 것 같은 제멋대로의 공상을 하고 있었다. 그러자 누군가 이 성벽의 위를 달리는 이가 있다. '어, 이상한데?'라고 생각하고 있자니, 다시 누군가가 달려간다. 이상하다는 것을 깨닫고는, 눈 하나 깜빡이지 않고 성벽 위를 바라보자, 다시 누군가가 달려갔다. 아무리 생각해도 사람이 다니고 있음이 틀림없다. 물론 밤이었기 때문에 어떤 얼굴에 어떤 복장을 한 사람인가는 판단하기 어려웠지만, 비교적 밝은 하늘을 배경으로 검은 사람의 그림자가 규칙적으로 벽 위를 달려가고 있는 것은 확실했다. 나는 재미있어서 하시모토橋本의 의견을 물을 틈도 없이, 열심히 눈앞을 왕복하고 있는 검은 사람을 바라보았다. 동시에 기차는 시시각각 성벽을 향해 접근해 갔다. 일정한 거리에까지 접근하자, 기가 막혀서 실소를 하고 말았다. 지금까지 분명히 사람이라고 굳게 믿고 있던 것이 갑자기 전신주 꼭대기로 변했다. 성벽으로 보였던 것은 옆으로 길게 이어져 있던 큰 구름이었다. 기차는 가차 없이 전신주를 추월해 나아갔고, 높은 곳에서 움직이던 것들이 이제는 눈 아래에 펼쳐졌다.

39

　좁고 작은 길의 좌우는 벽돌담으로, 얼핏 보자니 고급 주택가와 같이 다니는 사람이 적었다. 그 길을 20간間(약 26m) 정도 나아가, 바로 좌측에 있는 문으로 들어갔다. 단지 우연히 들어간 곳이기 때문에, 집의 이름도, 주인의 이름도 알 리가 없다. 지금 생각해 보자면, 작은 길에는 생김새가 비슷한 집이 몇 채고 늘어서 있었고, 비슷하게 생긴 문도 역시 얼마든지 열려 있었기 때문에, 딱히 이 집을 들여다보아야만 했던 특별한 이유 따위는 전혀 없었다. 나는 단지 안내인의 뒤를 아무 생각 없이 따라 들어갔을 뿐이었는데, 그 안내인도 역시 대충 아무 곳이나 들어갔을 뿐이었다. 안내자는 청림관 青林館이라고 하는 숙소의 주인이었다. 예전 후타바테이二葉亭[56]와 함께 북방을 여행할 때, 러시아인에게 호된 일을 당했다고 한다.

문에 들어가자, 오른쪽도 방이었고 막다른 곳도 방이었다. 왼쪽도 옆의 벽에 가로막혀 있었지만 방이었기 때문에, 오직 가운데의 외길에서만 머리 위로 하늘을 올려다 볼 수 있다는 이야기가 된다. 거기에 서서 바로 오른편의 방을 들여다보니, 그 좁은 골목길에서는 아사쿠사浅草[57] 경내의 상점가를 보는 듯한 정취가 느껴졌다. 실제로는 상점가보다도 낮고 작은 방이었다. 그 가장 첫 번째 방에는 막이 쳐져 있어서, 그 안은 확실히 알 수 없었지만, 다음 방을 보고 깜짝 놀랐다. 2조疊 정도의 크기의 봉당의 뒤를, 걸터앉을 수 있을 정도의 높이의 문지방으로 나누었는데, 그곳에는 젊은 여자가 3명이 있었다. 세 명 모두 앉아 있는 것도, 누워 있는 것도 아닌, 서로 기대어 몸을 지탱하듯이 뒷벽에 기대고 있었다. 세 명의 기모노着物가 틈새 없이 겹쳐져 부드러운 비단을 지그시 누르고 있었기 때문

---

56 【역주】후타바테이(二葉亭) : 일본의 작가. 말과 글이 일치하는 언문일치체와 사실주의를 바탕으로 「우키구모(浮雲)」를 발표하였고, 투르게네프의 『밀회』, 『해후(邂逅)』를 번역한 근대 일본문학의 선구자.

57 【역주】아사쿠사(浅草) : 도쿄(東京) 다이토구(台東區)에 위치한 사찰.

에, 다소 과장하면 세 명이 한 장의 웃옷을 두르고 있는 것처럼 보였다. 그 사이에 작은 자수를 놓은 구두가 빼꼼히 나와 있었다.

세 명의 몸이 나란한 것처럼, 세 명의 얼굴도 나란했다. 좌우의 여자가 비교적 평범한 것과 달리, 가운데는 이상하리만큼 아름다웠다. 얼굴이 하얘, 눈썹이 매우 도드라져 보였다. 눈도 맑았다. 뺨에서 턱을 잇는 호선은 봄처럼 부드러웠다. 내가 놀라서 넋을 잃고 바라보자, 여자는 눈을 피해 하늘을 올려다봤다. 내가 서 있는 동안, 세 명의 여자는 조금도 말을 하지 않았다.

청림관靑林館의 주인은 나만큼 이 여자에게 흥미가 있는 것으로 보이지 않았기 때문에, 슬슬 발을 움직여서 막다른 방에 들어갔다. 그곳도 좁은 봉당으로, 한가운데에는 보통의 탁자가 놓여 있었는데, 탁자를 둘러싸고 세 명의 남자가 식사를 하고 있다. 접시에서 젓가락 그리고 밥공기에 이르기까지 하나같이 너무나도 지저분했다. 탁자에 앉아 있는 남자들은 더욱 더러웠다. 마치 다롄大連 부두에서 본 쿨리와 마찬가지였다. 나는 이 모습을 보자마자, '부엌에서 머슴이 밥을 급히 먹고 있는 것은 아닐까'라고 생각했다. 그런데, 바로 옆방에서는 계속해서 음악이 흘러나오고 있었다. 방금 본 미인이 있던 곳과는 겨우 3간間(약 7m)도 떨어져 있지 않은 곳으로, 정말이지 서로 어울리지 않는 풍경이라는 느낌이 들었다.

나는 두 걸음 정도 식탁에서 떨어져서 다음 방의 입구를 들여다보고 다시금 놀랐다. 건너편 벽에 외다리 택상을 붙여 놓고, 그 오른쪽에는 한 남자가 앉아 있었다. 그 왼쪽에 여자가 세 명 서 있었는데, 그 앞에는 열두세 명의 소녀가 남자를 향해 서 있었다. 조금 떨어진 방 입구에는 맹인이 접이의자에 앉아 있었다. 음정이 높은 호궁胡弓[58]과 노랫소리가 이 일대에서 흘러나오고 있었다. 노래의 의미도 선율도 알지 못하는 나의 귀에는 이 음악이 이상하리만큼 감동을 주었다. 책상의 오른쪽에 있던 남자가, 오른 손으로 점대[59]와 같은 것을 들고, 때때로 책상 위를 두드리며 동시에 오른 손바닥에 야쓰하시八橋[60]라는 과자와 비슷한 대나무 조각을 두 개를 들고, 그것을 딱딱 마주치며 노래의 리듬을 잡고 있었다. 그것은 스페인 여성이 사용하는 캐스터네츠와 닮아 있었지만, 그 남자의 얼굴은 알함브라 궁전의 추억과는 너무나도 거리가 있었다. 하나같이 머리 위를 검푸른 흙색으로 장식한 소녀들은 애끓는 듯한 놀라운 목소리를 냈다. 그리고 소녀들은 눈 하나 깜빡이지 않고 그 남자 쪽을 바라보며 가는 목소리를 맞추고 있었다. 이 풍경은 마치 무서운 마물에게 매료되어 옴짝달싹하지 못하는 모습 이외에는 뭐라 형용하기 어려운 모습이었다. 맹인은 그의 어두운 눈처럼, 어두운 얼굴을 하고, 슬프고 음산한 데다가 높은 음정의 호궁胡弓을 계속해서 켜고 또 켜

---

58 【역주】 호궁(胡弓) : 동양 현악기의 하나. 바이올린과 비슷한 악기로, 네 개의 현으로 이루어져 있으며 말총으로 맨 활로 탄다.

59 【역주】 점대 : 점을 치는 데에 쓰는 가늘게 쪼갠 댓가지. 점괘의 글이 적혀 있어, 이를 뽑아 길흉을 판단한다.

60 【역주】 야쓰하시(八橋) : 교토(京都)의 명물과자로, 직사각형의 모양을 하고 있다.

고 있었다. 왼쪽 편에 서 있던 여자 중 한 명이 나를 보았는데, 그녀
는 혐오스러울 만큼 지독한 사시斜視였다. 해가 잘 들지 않는 어두운
방에서, 수상한 단체가 이런 수상한 음악을 연주하는 데에 몰두하
고 있었다. 나는 안내인의 소매를 끌고 밖으로 나왔다.

40

하시모토橋本는 먼 곳에 있다는 돼지를 보러 갔다. 듣자 하니, 시
가지에서 약 10리里나 떨어진 곳이라고 한다. 이런 아픈 배를 부여
잡고, 새삼스럽게 돼지를 보러갈 이유는 없었기 때문에 동행하는
것을 단념하고, 그 대신 그 근처를 어슬렁거리고 싶어 주인과 함께
마차로 나왔다. 청림관青林館의 주인은, 일단 랴오허遼河[61]를 둘러보
라고 한다. 마차에서 내려 강기슭으로 나오자 강이 한 눈에 들어왔
다. 강물의 색은 마치 홍수 뒤의 큰 강과 비슷하다. 마치 회반죽처
럼 움직이는 것이 하늘을 집어 삼킬 듯한 기세로 멀리에서부터 흘
러왔다. 하얼빈哈爾賓에 가는 도중에 기도木戸 씨에게 들은 이야기
이지만, 만주滿洲의 황토는 그 옛날 중앙아시아 쪽에서부터 바람에

---

61 [역주] 랴오허(遼河) : 요하. 중국 동북(東北) 지방 남부 평원을 관류하는 강.

날려 온 것으로, 그것이 매년 강에 실려 바다로 흘러나간다고 한다. 지질학자의 계산에 따르면, 5만년 후에는 지금의 발해만渤海湾이 완전히 메워져버릴 것으로 보인다고 기도 씨가 말했다. 강가에 서서 절벽 사이를 바라보고 있자니, 물보다 진흙이 많아 보일 만큼 탁한 물이 한도 끝도 없이 밀려 들어왔다. 5만 년은커녕 1년 만에 강 하구가 꽉 막혀버릴 것만 같았다. 그렇지만, 3천 톤 정도가 되는 증기선은 힘도 들이지 않고 느릿느릿 거슬러 올라간다고 하니, 중국의 강은 무신경하기도 하다. 원래부터 중국인부터가 무신경해서, 옛날부터 이 흙탕물을 마시고 아무 일도 없었던 것처럼 태연하게 자손을 낳고 지금까지 번영하고 있다.

삼판선三板船[62]이라고 하는 배가 여기저기에 떠 있는데, 매우 큰 돛을 달고 있었다. 돛의 뒤편에는 얇은 대나무를 몇 개인가를 옆으로 가로질러 덧댄 탓에 돛은 네모난 모양을 하고 있었으며, 접어 올릴 때에는 달그락거리는 소리를 냈다. 일본에서는 볼 수 없는 풍경이다. 그 사이를 횡단하여, 건너편 언덕에 도착했다. 언덕에는 아무것도 없이 역이 달랑 하나 있을 뿐이었다. 이곳에는 베이징北京으로 향하는 급행열차가 있기 때문에, 많은 손님이 열차에 타고 있다. 일반실下等室을 들여다보니, 의자도 아무것도 없는 평상에 모두 데굴거리며 누워 있었다. 돌아가는 길은 삼판선三板船을 타고 진흙탕

---

62 [역주] 삼판선(三板船) : 항구 내에서 짐을 실어 나르는 데 사용하는 중국식 작은 배.

물을 건넜는데, 바람이 불면 건너기가 어렵다고 한다. 초봄에는 산더미 같은 물이 흘러들어왔다. 앞이 보이지 않기 때문에, 물과 얼음 사이에 갇혀서 목숨을 잃기도 했다. 어떤 때에는 얼음에 길이 막혀 어쩔 수 없이 배에서 내려 얼음 위로 올라, 배를 끌고 반대편으로 나온 다음에야 건널 수 있었던 경우도 있다고 하는데, 모두 주인의 실제 경험담이었다.

삼판선은 기묘한 곳에 도착했다. 배를 대는 곳은 갈대를 엮어 만들어져 있었다. 돌담이 아니라, 갈대 울타리인데, 이렇게 하지 않으면 물에 쓸려나갈 우려가 있다고 한다. 갈대는 얼마든지 물을 흡수하기 때문에 그럭저럭 무난하게 보였다. 좁다란 길을 빠져나가자, 중국거리 한가운데로 나왔다. 묘한 냄새가 났다. 아까부터 배가 아파 주머니에서 가루약을 꺼내 먹으려고 했지만, 공교롭게도 물이 없었다. 나중에 나는 극심한 괴로움에 나도 모르게 한 방울의 음료수도 없이 가루약을 먹는 방법을 터득하기는 했지만, 이때에는 아직 그 정도로 노련한 환자가 아니었기 때문에, 주인에게 애원하듯이 부탁할 수밖에 없었다. 주인은 딱히 방법이 없다고 말하면서도, 여기저기를 심하게 끌고 다닌 끝에 결국 내가 괴로움에 길바닥에 주저앉을 것 같은 상태가 돼서야 가까스로 어느 가게에 들어갔다. 분재 등이 놓여 있는 정원을 통과한 골목에 있는 어떤 방으로 안내되었지만, 물은 여간해서 나올 기미가 보이지 않았다. 그러던 중, 이쪽으로 오라며 2층으로 안내했다. 벌레처럼 기어 올라가 복도를 통과해 방으로 들어가자 일본인 두세 명이 사무를 보고 있었다. "자 앉으시죠"라고 의자를 내어주기에 인사를 하면서 처음 알게 되었는데, 물을 얻기 위해 뛰어 들어간 곳은 일청두박회사日清豆粕會社로, 나를 맞아준 사람은 사원인 구라타倉田 군이었다. 구라타 군은 내가 원래 일본에서 유람 및 시찰의 목적으로 잉커우營口까지 온 것으로 믿고 있었다. 약을 먹기 위해 지나가다가 일청두박회사日清豆粕會社의 2층 구석까지 물을 얻으려 들렀다는 사실을 알 리 만무했다. 이곳에서도 간단히 물을 얻을 수 없었다. 따뜻한 물도 나오지 않는다. 지금 차를 내오겠다며 사환이 계속 준비를 하고 있다. 나는 청림관青林館의 주인이 원망스러워졌다. 그렇지만, 구라타 군에게는 그에 상응하는 형식을 갖추지 않으면 안 되었다. 그래서 콩이 열차로 다롄大連에서 운반되게 되면서부터, 강을 통해 운반되는 콩의 양이 줄어들지 않았냐는 등의 뻔한 질문을 할 수밖에 없었다.

41

하시모토橋本가 박사가 되기도 하고 아니기도 했던 이야기가 있다. 다롄의 야마토大和호텔에 있을 때, 남만주철도로부터 봉투가 도착했다. 그 표지에 '하시모토 농학박사님 앞'이라고 공손하게 쓰여 있는 것을 이상야릇하게 바라보면서, "이래서 내가 싫다니까⋯⋯" 라며 나를 바라보면서 쓴 웃음을 짓기에, 하시모토가 학자인 양 쓸데없이 박사로 불리는 것을 싫어한다는 거겠지라고 생각하고 맞장구를 치지 않았다. 사실, 그런 것이 싫으면 애당초 박사가 되지 않았으면 좋았을 것이라고 생각했기 때문이다. 그때에는 그것으로 일단락됐다.

나는 처음부터 하시모토橋本가 농학박사라고 믿고 있었다. 제코是公도 그렇게 믿고 있었다. 실제로 사람들을 향해 하시모토가 농학박사라고 설명하는 것을 들은 적이 있다. 나도 언젠가 신문에서 그가 박사가 되었다는 기사를 본 기억이 있다. 그래서 다롄大連을 떠나 북으로 향할 때에도, 영예로운 박사의 동반자라는 자각을 하고 있었다. 그런데 매일 같이 지내는 도중에, 하시모토는 무슨 바람이 불었는지, 갑자기 "아니 나는 박사가 아니네"라는 말을 꺼냈다. 그때에는 아무리 본인이 직접 말하는 것이라도 깜짝 놀라지 않을 수 없었다. 우선, 10년 가깝게 대학의 교수로 있는 사람이 박사가 되지 않았을 이유가 없는 데다가, 아무리 생각해도, 신문에서 수여식에 관한 내용을 본 기억이 있었기 때문에, 나도 가능한 한 반론을 했지만, 역시 박사가 아니라고 고집을 피우며 내 말을 들으려고도 하지 않았다. 나도 어쩔 수 없이, 그러냐고 받아들였다. 그때부터 하시모토는 유감스럽게도 그냥 보통 사람으로 보였다.

그렇지만, 세상에는 멍청이들이 많은 듯, 어디를 가도 하시모토

박사님, 박사님이라고 불렀다. 이따금 신문을 보아도 하시모토 박사라고 나온다. 결국에는, "이보게 또 박사라고 나왔네"라고 지적하는 것도 귀찮아졌다. 하시모토橋本도 시침을 떼고 있었다. 무엇보다 시침을 떼고 있지 않더라도, 일일이 박사가 아니라고 지적할 수도 없는 노릇이다. 나에게도 비슷한 경험이 있다. 부산釜山에서 바칸馬関으로 건너가는 배 안에서, 척식拓殖회사의 미네 하치로峰八郎 군의 아내를 만났을 때, 하치로八郎 군은 진지한 얼굴을 하고는, "이분은 나쓰메夏目 박사님이십니다"라고 소개했다. 그러자 그녀는 "이름은 익히 들어 알고 있습니다"라고 말하며 정중하게 인사를 하기에 나는 어쩔 수 없이 "예"라고 대답하고 마치 박사인 양 인사를 했다. 따라서 하시모토가 박사 행세하는 것에 익숙해져서는 만주満洲와 한국을 여행한 것이 하나도 이상할 것이 없었다. 나도 일단은 그가 박사가 아니라는 것을 인정했음에도 불구하고, 시간이 지남에 따라 왠지 박사인 것 같은 느낌이 다시금 들었다. 그러던 중, 별 탈 없이 안봉선安奉線을 타고, 안동현安東県에까지 오게 되었는데, 여기에서 하시모토 박사라는 것이 탐탁지 않게 여겨지는 사건이 일어났다. 안동현의 여관 지배인이 무슨 심사가 뒤틀렸는지, 하시모토 박사의 짐이라는 팻말을 나의 가방에 척 하고 붙여버렸다. 화가 났지만 귀찮아서 그대로 두었는데, 다음 여관에서 하시모토와 헤어지게 되어 내 짐을 역으로 옮길 때, 여관의 급사가 나의 깨끗한 가방을 하시모토의 것으로 착각하여 모조리 역까지 가져가

버렸다. 내가 "말도 안 돼"라고 말하자, 하시모토는 재미있다고 웃
어댔다. 그러니까 박사가 못 되는 거지.

<hr />

42

"여기"라고 하기에 내리긴 내렸지만, 한밤중이었기 때문에 방향
조차 전혀 알 수가 없다. 의지가 되는 역은 엔니치緣日[63]의 밤 상점
만큼이나 작은 것이었다. 그 건물을 벗어나자 더욱더 외로워졌다.
하늘에는 별이 떠 있었지만, 저 멀리 빛나고 있을 뿐으로 발밑까지
비춰주지는 않았다. 기찻길을 따라서 가자니 선로가 앞뒤 5~6척
(약 150~180cm)밖에 보이지 않았는데, 등롱燈籠[64] 빛에 비쳐 이슬
처럼 빛났다가 이내 사라지곤 했다. 그 외에는 아무것도 보이지 않
았다. 그럭저럭 오른쪽으로 꺾어 제방과 같은 것을 완만하게 내려
가는 느낌이 들었지만, 그것도 대여섯 걸음을 지나자 발밑의 느낌

<hr />

63 [역주] 엔니치(緣日) : 신불(神佛)과 이 세상과의 인연이 강하다고 하는 날. 약사여래
는 8일, 관세음보살은 18일 등으로 정해져 있으며, 이 날에 참배하면 영검이 크다고
한다. 참고로 엔니치(緣日) 상점은 엔니치(緣日)에 신사(神社)나 절의 문전이나 경
내에서 노점을 벌이는 상점을 말한다.
64 [역주] 등롱(燈籠) : 등의 하나. 대오리나 쇠로 살을 만들고 겉에 종이나 헝겊을 씌워
안에 촛불을 넣어서 달아 두기도 하고 들고 다니기도 한다.

이 예전으로 돌아갔기에 다시 평지로 나왔다는 것을 알 수 있었다. 그러자 벌레 울음소리가 들려왔다. 그러나 이 소리는 어느 집에서나 느낄 수 있을 법한 발밑에서 조그마하게 들려오는 소리가 아니었다. 벌레 울음소리가 들리기 시작하자, 그 소리는 사방에서 들여왔으며, 멀리까지 계속되었다. 우리들은 선두의 등롱燈籠 하나에 의지해서 끝없이 울어대는 벌레 소리에 둘러싸인 채 잡초 등이 무성한 평원을 걸었다.

지금 생각해 보자면, 여간 풍류가 있는 것이 아니다. 붓을 들어 당시의 풍경을 써 내려가자니, 위숙자魏叔子의 「대철추전大鉄椎伝」[65]에 나오는 광야의 풍경이 눈앞에 떠오른다. 그렇지만, 걷고 있는 도중에는 정말 괴로웠다. 식사로 야채와 네모난 두부를 한 모 먹었는데, 그 두부가 배에 들어가자마자, 마치 석탄 덩어리처럼 변해 위胃 안을 틀어막고 있는 것처럼 느껴졌다. 턱 안쪽 깊은 곳에서부터 무언가 단단히 옥죄어 오는 탓에, 손 쓸 방법도 없이 침이 계속해서 흘러나왔다. 이것을 그대로 방치해 두면 결국에는 토하고 싶어진다. 하지만, 중국의 짐꾼에게 길에서 용변을 본다고 오해받고 싶지 않았기에 무리를 해서라도 걸었다.

저 멀리 빛이 보였다. 내가 걷고 있는 길은 평평했고, 불빛은 정면에서 빛나고 있었다. 나는 저곳으로 가는 것이겠거니라고 짐작

---

65 【역주】위숙자(魏叔子)의 「대철추전(大鉄椎伝)」: 위숙자(魏叔子)는 명말 청초의 문인. 대철추전(大鉄椎伝)은 위숙자(魏叔子)의 문장.

하고, 별이 가득한 밤하늘 아래서 말도 없이 걸었다. 오늘 오후에는 잉커우營口에서 쇼킨正金은행[66]의 스기하라杉原 군을 만나는 것을 거절했다. 그리고 저녁에는 아마카스天春 군의 알선으로 미리 준비가 되어 있던 연회도 거절하고는, 이렇게 도망치듯이 기차에 탔다. 기차에 탈 때, 하시모토橋本에게 이 상태라면, 첸산天山행은 그만두는 편이 좋겠다고 말했는데, 실제로도 그렇게 할 수밖에 없을 정도로 상태가 위태로웠다. 다만, 저 건너편에 보이는 한 점의 불빛이 오늘 밤의 운명을 결정하는 유일한 집이라는 각오로, 적막한 평원을 일직선으로 가로질렀다. 평원에는 이 불빛 이외에 아무것도 눈에 띄지 않았기 때문에 불안했다. 여관은 단 한 곳밖에 없냐고 물어보자, 안내인이 그렇다고 대답했다. 탕강자湯崗子는 온천장이라고 하시모토橋本의 프로그램 안에 정확히 나와 있었기 때문에, '온천이 이 망망한 평원 밑에서 솟아오르는 것이겠지'라고 처음부터 상상할 수 있었지만, 이 정도로 외로운 들판에 단 한 채의 여관이 조용하게 서 있으리라고는 상상도 못했다.

드디어 불빛이 있는 곳에 도착했다. 단층의 서양관으로, 마루의 높이가 지면과 거의 차이가 없을 정도로 낮았다. 마루방이지만, 물론 구두를 신고 출입한다. 여관의 여자는 조리草履[67]를 신고 있었

---

66 【역주】쇼킨(正金)은행 : 요코하마쇼킨(橫浜正金)은행의 줄임말. 1880년 국립은행 조례에 기초하여 설립된 무역금융전문 은행.
67 【역주】조리(草履) : 짚·골풀·죽순껍질 등으로 엮은, 바닥이 평평하고, 게다와 같

다. 멀리서 본 것과 마찬가지로, 눈에 띄는 집은 아니었다. 내부 장식이 엉성한 넓은 빈 집에 그저 램프만 달아놓고 살고 있는 것은 아닌가라는 생각마저 들었다. 들어가자 바로 나타나는 큰 홀에 놓여 있는 오르간조차, 먼저 살던 사람이 놓고 간 것이라고밖에 생각되지 않았다. 어두운 복도의 막다른 곳에서 오른쪽으로 접힌 날개의 끝의 방에 안내되었다. 내부는 둘로 나뉘어져 있다. 낮은 바닥에는 의자와 서양식 탁자와 색 바랜 긴 의자가 놓여 있었다. 높은 곳 바닥에는 다타미를 깔아, 마치 일본처럼 꾸미고 있었다. 딱 봉당에서 다타미방으로 올라가는 것과 같은 구조로 되어 있었다. 나는 바로 다타미 위에 바로 쓰러지듯 누웠다. 3~40분 후에 식사가 나왔다. 하시모토橋本가 계속 일어나서 먹으라고 권유했지만, 결국 일어나지 않았다. 심지어는 식탁 위에 무엇이 올라와 있는지조차 보려고 하지 않았다. 눈을 뜰 기력조차 없었다.

43

아침에 일어나니, 말이 왔다는 둥 하는 하시모토들이 소란을 피

은 끈을 단 신발. 일본식 짚신.

145

우고 있었다. 일행은 3명이니까 한 사람당 한 마리에 타면 세 마리가 필요하다는 계산이 된다. 이 망막한 초원 한가운데에 살아 있는 말을 세 마리를 생포하고자 하면 그 수고는 말로 다 할 수 없을 것이다. 별달리 일찍 일어나지도 않았던 주제에 새삼스레 불만을 늘어놓아봤자 소용없다고 생각했기 때문에 동행을 단념한 나는, 냉정하고 침착했다. 사실을 말하자면, 첸산天山에 가고자 일부러 여기에서 내린 것이 아니지만, 일단 자신이 첸산행을 단념하자, 다른 일행이 예정대로 움직이는 것에 왠지 부아가 났다. 무엇보다 하시모토와 같은 농학과農學科 남자가 첸산을 볼 필요고 자시고 할 것도 없다. 첸산은 당唐 시대에 열린 사찰로 지금까지 남아 있는 것은 소도 돼지도 아닌 오직 산과 계곡 그리고 바위와 사찰과 스님뿐이기 때문에, 농학과의 교수가 일부러 말을 타고 견학을 가야만 하는 곳은 결코 아니다. 하지만 모처럼 간다고 하는 것을, 굳이 가지 못하게 단념시킬 정도의 이유가 떠오르지도 않았기 때문에, 될 대로 되라고 내버려두었다. 그러던 중 신기하게도, 필요한 만큼 딱 말이 3마리 생겼다. 어디에서 났는지는 물어보지도 않았지만, 분명히 생기긴 했다. 세 명은 아니꼬울 만큼 시원스레 밖으로 달려 나갔다. 나는 어쩔 수 없이 서양식과 일본식 방의 유일한 주인으로 이 하루를 조용히 휴양할 준비를 했다. 우선 무엇보다도 눕는 것이 가장 편할 거라 생각해, 너구리인지 여우인지 모를 모피 위에 뒹굴 거리며 누웠다. 그러자 창밖에서 하시모토橋本가, "어이 이보게 잠시 나와 보게"라고 부르는 소리가 들렸다. 그가 아직 그 근처에서 갈팡질팡하고 있다고 생각하니 약간은 흥미가 생겨서, 부르는 대로 포원에 조리草履를 신은 채 나왔다. 그러나 넓은 목장과 같은 곳에 말이 3마리 서 있었다. 그것도 그러한 것이 꾀죄죄하고 작은 짐 끄는 말인지라 아주 고소하기 그지없었다. 그뿐만 아니라, 그중에 한 마리는 여간해서 오시게大重 군을 태우려고 하지 않았다. 옆으로 다가가자 펄쩍펄쩍 뛰거나 차는 시늉을 했다. 젊은 중국인 직원은 "말이 무서워하니까요"라고 말하며 손수건으로 말의 눈을 가리고 양 손으로 재갈을 꽉 잡았다. 멀리서 보면, 말이 머리띠를 한 것처럼 우스꽝스러웠다. 그 옆에 오시게 군이 쓴웃음을 지으며 가까이 가려고 하는 장면은 한층 더 재미있었다. 게다가 한두 번도 아니고 여간 말의 눈치를 살피는 것이 아닌지라, 간단히 결말이 나지 않았기 때문에 모두가 한층 더 박장대소를 했다. 하시모토는 홋카이도北海道의 주민답게 힘들이지 않고 안장에 올라탔다. 또 한 명은, 이름을 잊어버렸기에 또 한 명이라고 말할 수밖에 없지만, 유가쿠조熊岳城의 묘목 밭苗圃의 우두머리로, 하시모토 문하에서 수학한 적이 있는 만큼, 말고삐를 쥐는 기술을 습득하고 있었다. 그때 나는 결국 첸산天山행을 그만두는 편이 나의 마술가馬術家로서의 명예를 지키는 것이 아닐까라고 우두커니 서서 생각했다.

그렇지만, 그런 기색은 얼굴에 내색조차 하지 않고, 짐짓 혼자 남는 것이 아쉬운 듯 세 명의 모습을 그저 바라보고 있었다. 이와 같은 오시게大重 군의 상태를 보아하니, 저 상태로 첸산天山까지 타고 가는 것은 매우 걱정되는 일로, 불쌍한 마음이 절로 든다.

하시모토橋本는 오늘 밤 안에 돌아오겠다고 큰소리를 치며, 계속 말을 재촉하는 듯싶다. 묘목 밭 관리인도 뒤질세라, 따라갔다. 하지만, 오시게 군 혼자만이 뒤처져 따라갔다. 말은 아직 눈가리개를 하고 있었다. 이윽고 둘의 그림자가 수수에 가려 어디로 갔는지 알 수 없게 되었다. 아까부터 근방을 배회하고 있던 키가 큰 중국인도 수수 저편으로 사라졌다. 이 중국인은 어깨에서부터 등에 걸쳐 큰 총포를 메고 있었는데, 모두 두 명이었다. 이들을 처음 봤을 때에는 순간 마적이라는 생각이 들었다. 그들이 하시모토와 거의 동시에 수수 저편으로 자취를 감춘 뒤 얼마 안 있어, 탕! 하고 총소리가 들려왔다. '조금 있다가 세 명의 일행 앞에 어디에선가 키가 큰 녀석이 나타나기라도 한다면, 큰일이겠지?'라는 상상을 하면서, 다시 방으로 돌아가 너구리 가죽 위에서 잤다.

44

손수건을 들고 목욕탕으로 가는데, 1정町(약 108m) 남짓 평원을 걸어가야 했다. 한가운데 사방을 돌로 쌓아 올린 곳에서 마루에서 아래로 세 단 정도 내려가자 온천물에 발이 닿았다. 군정시대에 군인이 지었기 때문에, 상당히 훌륭하게 지어져 있었지만, 다소 살풍경했다. 입구에 붙어 있는, "입욕시간은 15분을 넘지 않도록!"이라는 포고문과 어울리는 구조를 하고 있었다. 해서는 안 되는 것을 알고는 있었지만, 돌계단 위에 눕거나, 땅에 배를 깔고 몸을 띄우거나, 턱을 괴고 기대는 등 가지가지 해볼 것은 다 해본 끝에, 밖으로 나와 목욕탕의 뒤로 돌아가자, 큰 연못이 있었다. 젊은 남자가 다 망가진 배 안에 들어가 계속 노를 젓고 있었다. "어이 이보게 이 연못은 온천인가 그냥 물인가?"라고 묻자, 젊은 남자는 유례없이 무뚝뚝한 얼굴로, 온천이라고 대답했다. 여간 기분 나쁜 녀석이 아닌지라, 그 이상 말을 거는 것을 그만두었다. 언덕 위에서 밑을 바라보면, 가끔 거품과 같은 것이 떠올랐다. 온천이 조금씩 나오는 것이라고 생각되었다. 사실 물고기가 없나 하고 혹시 몰라서 물어보고 싶었지만, 상대가 상대였기에 걸음을 재촉해서 여관으로 돌아왔다. 뒤에 그 연못에 물고기가 살고 있는 것을 알고는 매우 괴이하다는 생각이 들었다. 게다가 여기에는 물이 한 방울도 나지 않는다는 것을 듣고는 깜짝 놀라지 않을 수 없었다.

　놀란 일은 아직 더 있다. 온천에서 돌아와, 입구의 큰 홀을 지나서 내 방으로 가려고 할 때, 그곳에 낯선 여자가 있었다. 어디에서 왔는지 알 수는 없지만, 보라색의 하카마[袴]를 입고, 짙은 색 구두를 끌고 그 주변을 배회하는 모양이 아무래도 학교의 선생이나 학생

같았다. 도쿄東京에서는 밖에만 나가면 언제라도 볼 수 있을 법한 풍경이지만, 끝없이 아득한 초원 그 어느 곳을 물색하더라도 이러한 풍경을 눈에 담을 수 있을 리 없다. 나는 오히려 수상한 느낌이 들어, 이 여자의 모습을 얼마간 바라보았다.

방에 돌아와 다시 잠이 들었으나, 일어나 보니 창밖에서 벌레 울음소리가 들렸다. 외로워져서는 서양식 방을 나와, 긴 의자 위에 앉아 요쿄쿠謡曲를 불렀다. 물론 두말할 것도 없이 대충 불렀는데, 그러던 차에 하녀가 왔다. 아까의 여자에 관해 묻자, "어쩌면 아는 사람일지도 모르겠네요"라고 말할 뿐, 얼버무리고 만다. 저녁 식사를 끝내고 담배를 피우고 있자니 갑자기 큰방 쪽에서 오르간을 치는 소리가 들렸는데, "그 여자가 친 것은 아닌가?"라고 물어보자, "아니요. 저녁때 오르간을 연주한 것은 여관의 하녀였습니다"라고 했다. 이 초원 한가운데에, 그 정도로 세련된 하녀가 있으리라고는 생각도 못했다. 아까의 하카마를 입은 여자는 벌써 돌아갔다고 한다.

나는 혼자 긴 의자에 앉았다. 그러고는 긴 해가 기울어 초원의 색이 차갑게 변할 때까지 멍하니 있었다. 그러나 조용한 벌판 한가운데에서, "어서요~ 잠시만 놀다가세요, 저는 혼자니까요"라는 등의 요염한 목소리가 들려왔다. 그 음색은 완전히 도쿄와 똑같았다. 나는 갑자기 일어나, 창밖을 바라보았다. 유감스럽게 창에는 한랭사寒冷紗[68]가 쳐져 있었다. 재빨리 창문을 열고 목을 빼 보았지만,

밖은 벌써 해가 져서 파란 연기가 여자의 모습을 휘감고 있었기에 누구인지 알 수 없었다.

하시모토橋本 일행은 그날 밤 늦게 돌아왔다. 하녀가 알려왔기에, 어두워진 뒷문으로 나가 보니 콩알만 한 빛 하나가 저 멀리에 보였는데, 하녀는 저것이 일행이라고 했다. 넓디넓은 초원이니만큼, 하시모토 말고도 불빛이 있을 수도 있지 않겠느냐고 물어보자, 아니 역시 하시모토 일행이라고 말했다. 과연 그러했다. 불빛은 저녁때 여관에서 마중나간 지배인이 갖고 갔던 등롱燈籠이다. 뒷문 입구에서 말에서 내린 하시모토가 말하길, 일부러 고생을 하며 보러갈 곳도 아니었다고 한다. 오시게大重 군은 말에서 세 번이나 떨어졌다고 한다.

45

평톈奉天에 가면, 남만주철도의 청사에 머무르는 편이 좋다고 떠나기 전에 제코是公가 알려주었다. 물론, 남만주철도의 청사에는

---

68 [역주] 한랭사(寒冷紗) : 가는 실로 거칠게 평직으로 짜서 풀을 세게 먹인 직조물. 얇고 풀기가 세기 때문에 장식, 조화(造花), 커튼, 모기장 따위에 쓴다. 다른 말로 빅토리아 론이라고도 한다.

하이쿠俳句 시인인 롯코쓰肋骨가 있기 때문에 신세를 져도 상관없다는 뻔뻔한 생각도 했지만, 하시모토가 함께였기 때문에 역시 조금은 사양하는 편이 신사다운 행동일 것이라고 일전에 결정했다. 역에는 여관의 마차가 마중을 나와 있었다. 역시나 마차는 진흙 속에서 발굴하여 햇빛에 말린 것같이 변색되어 있었다. 화물과 사람을 한 차례 휘익 둘러 싣고 구내를 빠져 나가자마자 마부는 엄청나게 채찍을 휘둘러댔다. 고개를 넘어가는 시골 승합 마차보다도 험한 운전이었다. 성내에 점점 가까워짐에 따라, 길 양쪽에 가게들이 나타나기 시작했다. 이로 인해 지금까지 허허벌판과 다름없이 넓은 길은 자연스럽게 좁아졌는데, 마차는 그 한가운데를 질주했다. 하지만, 세찬 채찍 그림자는 반드시 일분에 한 번 정도는 머리 위에서 나부꼈다. 물론 말은 무리를 해서라도 재촉하지 않으면 안 된다. 게다가 그곳에는 노새를 여섯 마리나 붙인 화물마차도 다니고 있기에, 소처럼 느릿느릿 걸어서도 위험하다. 하지만, 장소가 평톈奉天인 데다, 왕래하는 사람이 마차의 사방에서 계속해서 움직이고 있었다. 그럼에도 불구하고, 마차는 마치 아무도 없는 공터를 지나는 것처럼 달려댔다. 우리들과 같이 평온함을 좋아하는 패거리는 이런 마차에 타고 있는 것부터가 고통이다. 마부는 당연히 중국인이었는데 기름에 먼지를 단단히 뒤집어쓴 변발을 흔들어대며, 때때로 만주어滿洲語를 내뱉었다. 나는 눈썹을 찌푸리며 틈새를 통해 말의 엉덩이를 바라보았다. 이렇게 비쩍 마른 녀석에게 함부로 채찍을 휘둘러 여행객의 비위를 맞추는 것은, 부인을 나무라 손님을 대접하는 바와 다름이 없다고 생각했다.

지금은 베이링北陵에서 돌아오던 중이었는데, 여관 근처에 도착하자 좌측에 사람이 구름처럼 모여 있었다. 그 근처는 중국의 두부, 고기만두, 콩 소면 등등을 파는 지저분한 가게들이 빼곡히 늘어서 있는 곳이었는데, 유난히 검은 머리가 한데 가득 뭉쳐있는 곳을 들여다보니, 60 정도의 노인이 대지에 주저앉아 부러진 양 정강이를 앞으로 내밀고 있었다. 그 오른쪽 무릎과 발등 사이를 2촌寸(약 6cm) 정도 강한 힘으로 강제로 잡아 뽑아낸 듯, 정강이의 살이 뼈 위에서 떨어져 아래까지 흘러내려서는 한데 뭉쳐 오그라들어 있었다. 마치 석류를 으깨 두들긴 것같이 보였다. 이러한 풍경에 익숙해 졌을 법한 안내인도 조금은 오한이 드는 듯, 이내 마차를 멈추고 중국어로 뭐라고 물어보았다. 나도 알지는 못했지만 귀를 종긋 세우고, "뭐라고? 뭐라고?"라고 반복하여 물어보았다. 이상하게도, 구름처럼 모였던 중국인 그 누구도 말을 하지 않고 노인의 상처를 바라보고만 있었다. 움직이지도 않았기에 매우 조용하기도 했다. 더더욱 이상하게 느껴졌던 점은, 지면 위에 손을 뒤로 짚고 상처를 모두의 앞에서 내보이고 있는 노인의 얼굴이었는데, 아무런 표정도 없었다. 아픔도 보이지 않았다. 고통도 나타나 있지 않았다. 그렇다고 하더라도 딱히 태연하지도 않았다. 그저 눈에 띄는 것은 그 눈이었다. 노인은 어둡게 지면을 바라만 보고 있었다.

마차에 깔린 듯싶다고 안내인이 말했다. 의사는 없느냐고, 빨리 부르는 편이 좋겠다고, 간접적이나마 나무라자, "예~ 머지않아 어떻게는 하겠지요"라고 대답했다. 이때, 이미 안내인은 평상심을 회복한 듯 보였고, 채찍 그림자는 금세 펄럭였다. 다시금 먼지투성이의 마부는 사람, 자동차, 그리고 길에도 아랑곳 하지 않고 터무니없이 거칠게 말을 몰았다. 모자도 옷도 노란 가루를 뒤집어 쓴 채, 여관의 현관에 내렸을 때에는, 이제야 잔혹한 중국인과 인연을 끊을 수 있게 되었다는 생각이 들어 기뻤다.

46

　중국의 고택古宅을 그대로 사용하고 있었기 때문에, 마치 절의 본당을 객실로 잘라놓은 것 같았다. 복도를 건너 정면의 객실을 들여다보니, 골동품이 가득 진열되어 있어서 무슨 일인가 했더니, 베이징北京에 직구매를 하러 갔던 골동품의 매매업자가 돌아가는 길에 여기에 머무는 중 가게를 낸 것이라고 한다. 그 이야기를 듣고, 기분도 진정시킬 겸 해서 들어가 보던 중 시간이 되었기에, 밖으로 나갔다. '이번에는 인력거이고 하니 괜찮겠지'라고 안심하고, 조금은 고상하게 다리를 꼬고 거드름을 피워보았지만, 아니나 다를까, 결코 만만치만은 않았다. 인력거는 일본인이 발명한 것이지만, 인력거꾼이 중국인 혹은 조선인인 경우에는 결코 방심해서는 안 된다. 그들은 어차피 남이 만든 것이라는 생각을 갖고 있기 때문에, 그들의 인력거를 끄는 방식에는 조금도 인력거에 대한 존경심이 나타나 있지 않다. 해성海城이라는 곳에서 고려의 옛 유적을 보러 갈 때에는 엉덩이가 조금도 방석 위에 붙어 있을 틈도 없이 흔들렸다. 1정丁(약 108m) 사이에 반드시 한번은 일 척尺(약 30cm)이나 튀어 올랐다. 끝내 조선인의 머리를 한 대 내려치고 싶을 정도로 험한 취급을 당했다. 평톈奉天의 도로는 해성海城만큼 울퉁불퉁하지 않았기 때문에, 어처구니없이 인력거 위에서 춤을 추어야만 하는 고통은 없었지만, 그 인력거를 끄는 방법이 너무나도 형편없어서, 단지 무턱대고 뛰어대기만 하면 인력거꾼의 본분을 다 한다고 생각하고 있는 점이 완전히 조선식朝鮮式이었다. 나는 인력거에서 이리저리 흔들리면서, 승객의 신경에 주의를 기울이지 않는 인력거꾼은 아무리 잘 달린다고 해도 성공한 인력거꾼이 아니라고 생각했다.

그러던 중 큰 문 아래에 도착했다. 평톈에 4일간 머무를 때, 이 문을 몇 번이고 통과했던 기억이 있다. 그 이름도 몇 번이고 들었지만, 그만 잊어버리고 말았다. 그 모양도 매우 애매하게 머릿속에 남아 있을 뿐이다. 그렇지만, 평톈의 시장에 들어가 처음으로 먼지투성이의 지붕 위로 이 높은 문을 올려다보았을 때에는 '허어', 라고 감탄했다. 그때의 인상은 아직까지도 잊을 수 없다. 하시모토橋本와 함께 이 문 옆에 있는 작은 가게에 붓과 먹을 사러 갔을 때의 일도 고색창연한 경험 중 하나였다고 기억하고 있다. 그때, 하시모토는 문지방을 넘어 안으로 들어갔다. 나도 하시모토를 따라가고자 몸을 절반 차양을 걷고 안으로 집어넣었지만, 중국인의 집에서 나는 고유의 냄새가 금세 코를 찔러, 한두 걸음 길 쪽으로 물러나서 있었다. 방금 이야기한 문은 10간間(약 26m) 정도 앞에 있는 사거리에 있었기에, 나는 사냥 모자의 차양을 높이 올리고 짐짓 우러러 보았다. 시간은 어느덧 해질 무렵이었기 때문에, 태양은 기와와 용마루를 비껴, 어둡고 숙연하게 소란한 십자 모양의 거리 위로 넘어가고 있었다. 이 문은 낡았다는 인상을 주는 색 외에는 특별한 무늬 하나 없었다. 나무도 기와도 흙도 거의 같은 단색으로, 오직 풍경만이 훌륭하게 녹색을 내뿜고 있을 뿐이다. 기와가 떨어진 사이에서 긴 풀이 보였다. 차양의 어두운 그림자를 스치고 하얀 비둘기가 두 날개로 날았다. 나는 오래간만에 한시漢詩라는 것을 짓고 싶어졌다. 기다리고 있는 사이에 약간 시도해 보았지만, 한 구도 완성하지 못한 사이에 하시모토橋本가 붓과 먹을 안고 돌아왔기 때문에, 흥취가 깨져버렸다.

이 외에도 이 문에서 얻은 경험은, 어두운 움막 안에서 인력거에 치이는 것은 아닌가 하는 걱정과, 기와에 쌓인 먼지 따위를 한꺼번에 머리에 뒤집어쓰는 고통뿐이었다. 나의 인력거는 이 어두운 문 아래를 통과해, 성안의 남만주철도의 공관까지 악랄무쌍하게 달려갔다. 나는 보자기에 싸인 짐처럼, 인력거 위에서 위아래로 들썩이기를 반복했다.

47

차를 마시자, 신 것 같기도 하고 짠 것 같기도 한 맛이 난다. 조금 묘하다는 생각이 들어서, 찻잔을 놓고 천천히 하시모토의 강연을 들었다. 그 강연에 따르면, 펑톈奉天에는 예부터 지금에 이르기까지 하수도라고 하는 것이 없었다. 오수의 처리도 물론 불완전했다. 그래서 그 옛날부터 몇백 년에 걸쳐 펑톈奉天의 주민이 흘려보낸 오물은 세월의 힘으로 자연히 땅에 스며들어 지금에 이르러 음료수에 재앙을 가져오고 있다고 한다. 얼핏 듣기에 대략 그럴싸하지만, 설명이 그다지 과학적이지 않은 듯싶다. 우선, 그런 곳이라면 곡류와 야채가 모두 더욱더 잘 재배되지 않으면 안 된다는 생각이 들었지만, 논쟁하는 것이 바보스럽게 느껴져서 아무 말도 하지 않았다. 사실 하시모토橋本도 이것이 전설이라고 양해를 구하기는 했다. 전설이라고 하면 야마토 다케노미코토日本武尊의 동이정벌東夷征伐과 같은 이야기처럼, 사실 여부를 떠나서 중요한 가치를 갖는

다.[69] 정말이지 여간 더러운 국민이 아닐 수 없다.

목욕물을 데워주었기에 들어가 보니, 물이 탁했다. 딱히 노랗게 탁한 것은 아니지만, 차의 맛으로부터 유추해 보자면 역시 신 목욕물에 몸을 담그고 있다고밖에는 달리 생각할 방법이 없다. 염분이 있는 물에도 녹는다고 했던 다롄大連에서 받은 콩 비누라도 짐 안쪽에서 꺼내어 두었으면 좋았을 것이라고 생각했다. 목욕탕도 목욕통도 크기가 작았다. 그런 와중에 하녀가 와서 등을 밀어 준다. 비좁아 답답하게 몸을 구부리며, "너는 일본인이지? 일본 어디에서 태어났나?" 하는 등의 이야기를 했다. 처음 여관에 도착했을 때, 이 하녀는 나를 하시모토의 수행이라고 착각하여, 나를 가리켜 저 아무개라는 양반도 함께 왔다고 말했다. 저 아무개라는 양반은 하시모토가 몽골에 갔을 때, 그와 마찬가지로 여기에 머문 적이 있다고 한다. 얼굴이 닮아서 착각을 했는지, 행색이 비슷했기 때문에 착각했는지, 금방이라도 캐묻고 싶었다. 창밖에 큰 항아리가 묻혀 있다. 우리들의 땀과 때가 예의 시큼한 물과 하나가 되어 밤낮으로 흘러내리고 있기 때문에, 가끔 퍼내지 않으면 넘쳐버릴 정도로 고이게 된다. 이것을 중국인 하인이 석유캔 등에 옮겨 담아 천칭 봉으로 둘러메고, 어딘가로 가지고 간다. 목욕탕에 몸을 담그면서 그것을 어디로 가져가는 것인지에 관해 생각했다. 쓸데없는 걱정이

---

69 [역주] 야마토 다케노미코토 : 일본 신화에 등장하는 인물. 참고로 여기에서 동이란 동쪽 지방의 의미로 한국과는 관계 없다.

지만, 나는 이 오수가 결국 어떻게 처리될지 상상하고는 조금 두려워졌다.

그러고는 맛있는 음식이 마구 나왔다. 위의 상태가 좋지 않은 나와 같은 사람은 식사를 바라보는 것만으로도 배가 부르다. 밤에는 단자緞子로 된 침구에서 잘 수 있었다. 가게의 전화는 끊임없이 따르릉 거리며 울리고 있다. 품위 있는 여주인이, "예 여보세요"를 끊임없이 반복한다. 어느 날 초콜릿 과자가 먹고 싶어져, 하녀에게 있느냐고 물어보니, 금방 전화로 주문해주었다. 그뿐만 아니라 남만주철도의 공관에 대접을 받으러 갔더니, 샴페인이 나왔다. 영사관에 인사를 갔더니 영국 왕의 사진 등이 정중하게 장식되어 있어서, 마치 런던에 있는 듯한 기분이 들었다. 그런가 하면, 여관의 객실의 복도의 건너편은 하얀 벽지로 장식되어 있었는데, 높은 창문으로부터 햇살이 옆으로 들어오는 것은 어쩔 수 없었지만, 그 창문에 끼워진 장지는 '호쿠사이北齋[70]의 삽화를 넣은 삼국지'에 나올 법한 당唐나라의 분위기가 나는 것이었다. 게다가 그다지 깨끗하지 않다. 그리고 방안은 묘한 냄새를 풍긴다. 중국인이 집요하게 남기고 간 냄새라서, 아무리 깨끗한 것을 좋아하는 일본인이 청소

---

70 [역주] 호쿠사이(北齋) : 본명은 가쓰시카 호쿠사이(葛飾北齋)로, 에도(江戸) 후기의 우키요에(浮世繪) 화가. 우키요에(浮世繪) 화가 중에서도 가장 긴 70여 년의 작화 기간 중, 화풍을 계속해서 변화시키면서도 각 분야의 일류 화풍을 수립한 우키요에(浮世繪) 파(派)를 대표하는 화가.

를 해 보았자, 변함없이 역한 냄새가 난다. 여관은 가까운 시일 내에 역 부근의 신축 건물로 이전할 예정이라고 한다. 그렇게 되면, 이 냄새만은 없어질 것이라고 생각된다. 하지만, 시큼한 차는 펑톈奉天에 있는 한, 사람과 가축에게 내려진 재앙이라고 받아들일 각오를 하지 않으면 안 된다.

48

검은 기둥이 두 개 서 있는데, 문도 검게 칠해져 있다. 광두정廣頭釘[71]은 밥공기를 엎어놓은 것처럼 크게 보였다. 중국거리의 한가운데에 이런 영주의 저택과 비슷한 문이 있을 줄은 생각지도 못했다. 문을 통해 들어가자 다시 문이 있는데, 이 문은 중국풍으로 만들어져 있었다. 다시 문을 통해 들어가자 폭이 1간間(약 2.6m) 정도 되는 콘크리트 바닥이 곧바로 정면으로 뻗어 있었다. 그런데, 좌우 양쪽으로도 건물이 이어져 사각형 상자와 같은 모양을 하고 있어서, 지붕이 없는 한가운데의 콘크리트 길을 따라가다 보면 막다른 곳에 다다르게 되었다. 그 막다른 곳에는 안채(정방正房)가 있고 그

---

71 [역주] 광두정(廣頭釘) : 대가리를 둥글넓적하게 만들어 장식 겸용으로 쓰는 못.

좌우는 행랑(행각行閣)이었다. 롯코쓰助骨 군은 이 안채에 완전히 일본식인 방도 만들어두었다. 조금 둘러보라고 안내하기에, 뒤를 따라가 보니 생각지도 못한 곳에 현관이 있고, 옆방이 보였다. 그 안쪽 방에는 훌륭한 걸개가 걸려 있었다. 그리고 좌측 행랑의 문을 열고 여기가 중국식 응접실이라고 한다. 아니나 다를까, 오직 자단紫檀 의자만이 늘어서 있었다. 서양의 객실과 달리 방 가운데를 비워두고, 벽 주변에 의자를 나란히 놓아두었다. 이 때문에 손님이 와도 마주보며 앉을 수 없고, 모두들 옆 사람과 이야기를 할 수밖에 없다. 가운데에도 정면의 의자 두 개는 옥좌라고도 할 수 있을 만큼 공을 들인 것으로, 그 위에는 각진 붉은 방석이 하나씩 놓여 있었다. "중국인이란 정말 태평한 사람들이에요, 이렇게 기대앉아서 담판을 한다니까요"라고 롯코쓰 군이 알려주었다. 롯코쓰 군은 중국에 정통한 사람답게, 중국에 관한 것이라면 무엇이든 알고 있었다. 어떤 때는 나에게 그들의 변발辮髮을 변호할 정도였다. 롯코쓰 군의 설에 따르면, 그네들은 저렇게 두터운 옷을 껴입고, 화려한 색으로 치장한 등판에 가는 머리를 길게 늘어뜨리고 있는 모습을 '와락 껴안아 주고 싶을' 정도로 좋아한다고 하는데, 못 말릴 일이다. 진짜로 롯코쓰 군이 '와락 껴안아 주고 싶다'는 표현을 썼다는 것에 놀랐는데, 아직까지도 그 말을 떠올릴 때마다 다시금 놀라게 된다. 이는 아마도 내가 지저분한 할아버지가 미꾸라지같이 생긴 변발을 목덜미에 늘어뜨리고 있는 것을 보고는 흥미가 확 달아나버린 탓일 테다.

이렇게까지 중국을 좋아하는 롯코쓰肋骨 군도 안채의 응접실만은 서양식에 만족하고 있다. 그 옆의 식당에서는 서양요리를 대접해 주었다. 그 뒤에는 셔츠 한 장만 입고 당구를 쳤는데, 이 모습은 결코 중국식은 아니었다. 하나같이 하시모토橋本로부터 들은 것보다 몇 배 이상으로 활발한 그의 모습을 통해 미루어 볼 때, '와락 껴안아 주고 싶다'는 말은 그의 약간 과장된 표현일지도 모른다. 롯코쓰 군은 전쟁에서 오른쪽인가 왼쪽인가의 발을 잃어버렸다. 하지만, 그것이 어느 쪽인지 알 수 없을 만큼 자유자재로 일어나고 앉는다. 그리고 군인과는 어울리지 않는 도쿄東京 사투리를 구사했다. 어디에서 태어났는지 물어보자, 간다神田[72]라고 했다. 간다라고 하면 그럴 만하다. 말하자면 롯코쓰 군은 중국을 좋아함과 동시에 가장 중국과 인연이 먼 성격의 인간이었던 것이다.

방이 비어 있으니 오라고 계속해서 이야기를 하기에, "자 그럼 돌아가는 길에 신세를 질지도 모르겠네"라고 말하자 금세 좋다고 흔쾌히 승낙할 때까지는 좋았다. 그런데, 롯코쓰 군은 하시모토에게 돌아가는 길은 한밤중의 기차로 평톈奉天에 도착할 계획이라는 것을 듣기가 무섭게 숙박을 거절했다. 아니, 저 기차보다는 그 뒤의 기차가 좋지 않느냐고 권하는 것이었지만, 프로그램의 전권을 쥐

---

72 [역주] 도쿄 지요다千代田구의 지명으로, 중심가.

고 있는 것은 내가 아니었기에, 어쩔 수 없이, 그러면 만일 밤기차가
아니라면 신세를 지겠노라고 하는 조건을 붙였다. 그러자 롯코쓰助
骨 군은 다시, 좋다고 대답했다. 그렇지만, 돌아가는 길은 역시 예정
대로 밤차를 탔기 때문에, 결국 남만주철도의 공관에 머물지 않게
되었다. 그곳 남만주철도의 공관에서 내가 알지 못하는 유일한 곳
은 오직 침실뿐이다.

49

오른쪽으로 꺾어 들어가자, 길치고는 매우 넓은 곳으로 나오기
에 나는 안심할 수 있었다. '이곳이라면, 사람을 치어 죽일 걱정은
없겠지'라고 생각하고, 안내를 담당하는 여관의 지배인을 상대로
여러 가지 이야기를 했다. 만주滿洲의 태양은 여느 때와 마찬가지
로 짐승의 가는 터럭 하나하나를 선명하게 비출 만큼 작정을 하고
내리쬐어 댔다. 눈썹 깊이 사냥 모자를 눌러써도, 초승달 모양의
모자 차양만으로는 뺨에서부터 그 아래 부분은 어찌할 도리가 없
기 때문에, 직사광선을 쬐는 곳은 아플 정도로 빨갛게 달아올랐다.
게다가 말발굽 때문에 피어오르는 가벼운 먼지가 마차 밑으로부
터 뭉게뭉게 피어올랐다. 지배인은, "정말 날씨가 좋습니다. 조금

이라도 바람이 불라치면 이 정도로 끝나지 않습니다"라고 말하며 기뻐했다. 그러던 중 마차는 집들을 벗어나 넓은 평원으로 나왔다. 평원인 까닭에 두말할 것도 없이 나무도 풀도 보이지 않는 것이 당연하겠지만, 멀리 바라보면 계절이 계절인지라, 끝없는 대지 위에 파란 것들이 여러 색의 그림자를 드리우며 가득 돋아나고 있었다. 왜 이만큼 넓은 땅을 비워두는지, 주택지가 하루가 다르게 넓어지는 도쿄東京 사람의 눈에는 의문스럽게 보일 따름이겠지만, 그보다 이때에는 북적거리는 사람 틈을 빠져나와 시원시원하다는 느낌만이 머릿속에 맴돌 뿐이었다. 길은 원래부터 존재하지 않았다. 동서남북으로 이어진 길들 모두 자연히 형성된 길이기 때문에, 수레바퀴 자국은 다니는 사람들에 의해 제멋대로 이어져 있었다.

중국인이 모는 마차가 왔다. 지붕에 가마보코蒲鉾[73]처럼 반원 모양의 관처럼 생긴 마차 안에, 기름을 발라 머리를 올린 여자가 앉아 있었다. 길이는 짧지만, 바퀴가 두텁고 튼튼한 마차였다. 당연히 노새가 끌고 있었다. 옛날 일본에서 유행했던 우마차의 아담한 형태라고 보면 되겠지만, 그 외관은 우마차보다 훨씬 우아했다. 그 대신 타고 있는 사람은 괴로워 보였다. 나는 이 마차가 덜컹거리며 가는 것을 보고는, 이를 '예輗'[74] 혹은 '월軏'[75]이라는 한자로 표현하

---

73 [역주] 가마보코(蒲鉾) : 어묵으로, 눌린 아래쪽이 납작한 롤케이크와 같은 모양을 하고 있다.
74 [역주] 예(輗) : 끌채 끝 쐐기 예. 끌채 끝. 멍에를 매는 끝 부분.

고 싶어겼다. '예'라고 하는 한자도, '월'이라고 하는 한자도 그 정확한 의미는 모르지만, 타고 있는 사람은 분명히 '예월輗軏한 사람'임에 틀림없다고 생각했기 때문이다. 사실 중국의 마차만이 '예월한' 것은 아니다. 하지만 이렇게 말하는 내 자신도 이것이 맞는 말인지 매우 미심쩍다.

한눈에 보기에는 평원이라고 할 수도 있고 말 그대로 평평하게 보이기도 하지만, 정작 가로질러 지나가 보면 무서우리만큼 울퉁불퉁했다. "이보게, 여기에서 마차가 뒤집어지는 것은 아니겠지?"라고 지배인에게 당부를 하자, 지배인은, "예 대충 괜찮을 겁니다"라고 말할 뿐, 결코 만일의 사태에 대해서 확답을 하지 않는다. 정말로 갑자기 바로 옆의 지배인의 좌석이 높아져서는 지배인이 내쪽으로 미끄러져 내릴 뻔했거나, 이번에는 반대로 내가 지배인의 모자 위로 굴러 떨어질 뻔했는데, 이는 결코 유쾌한 일이 아니었다. 나는 신경질적이고 겁이 많은 성격으로, 마차가 기울어질 때마다 뛰어내리고 싶어진다. 그럼에도 불구하고 이런 사람의 기분도 모르고, 예의 마부는 미친 듯이 말을 몰아댔다. 그리 서두를 필요는 없다고 생각하며 조마조마하고 있는 차에, 어딘가 길이 매우 나쁜 곳으로 접어들었다. 이유는 알 수 없지만, 마차 바퀴자국이 3~40개 정도 늘어서 있는 것이 눈에 띈다. 그것도 그 폭이 모두 5~6촌寸

---

75 [역주] 월(軏) : 끌채 끝 월. ① 끌채 끝. 멍에를 매는 끝 부분. ② 수레의 쐐기로 수레의 끌채 맨 끝의 가로나무를 고정하는 쐐기.

(약 15~18cm)이다. 게다가 이 자국들은 보기에도 깊어 보여, 햇볕이 들지 않는 구석진 곳은 검고 어두웠다. 우리들의 마부는 태연하게 그 길로 접어들었다. 패어진 길을 따라 들어갔으면 그나마 좋았을 테지만, 한쪽 바퀴가 진흙 속에 질퍽거리며 빠졌으나, 그와 동시에 다른 한쪽은 방금 전과 다름없이 단단한 땅 위를 지나갔다. 나는 진흙에 빠진 쪽의 자리에 앉아 있는데, 마차는 내 다리가 땅에 끌릴 정도까지 진창에 빠져들어만 갔고, 마치 지배인은 마치 내 머리 위에 있는 것처럼 느껴졌다. 나는 참을 수 없어, 진흙 위로 뛰어내렸다.

50

평원이 갑자기 풀숲으로 변했는데, 너무나도 이상했다. '여기에 이렇게나 많은 나무가 자랄 수 있다면, 마찬가지로 평원 한가운데에도 나무가 자란다고 해도 이상할 것이 없을 텐데……'라고 느낄 무렵 이미 마차 주위는 나무로 둘러싸였다. 대나무는 아니었지만, 덤불이라고 하는 편이 적당하다고 생각될 정도의 높이였기 때문에, 일본의 시골길을 걷는 것과 같은 수수한 느낌이 들었다. 마차는 때때로 열을 벗어나 길에까지 뻗어 있는 잔가지의 아래를 통과하거나 가지를 스쳐 구부리며 지나가서, 매우 상쾌한 느낌이 들었다. 이전보다는 평탄해 진, 흰색의 풀과 나무 사이의 길을 가로질러갔다. 어떤 곳에는 큰 소나무가 있었다. 잎의 길이가 일본의 것의 두 배는 되고 그 색은 해변의 소나무보다도 검었다. 어쩔 때에는 소나무가 황폐해진 정원의 기둥으로 보이기도 했다. 건너편에 가늘고 긴 비석이 서 있었는데, 모양이 흐릿하게 보일 뿐, 물론 그 내용은 알 수 없었다.

얼마 안 있어 길이 끝나자, 높은 문 밑에 도착했다. 문은 돌로 쌓은 세 개의 아치로 이루어져 있었는데, 그 아치 밑까지 도달하려면 상당히 높은 계단을 올라야 했다. 문의 좌우에는 벽에 큰 용이 새겨져 있었다. "이것이 정문입니다만, 닫혀 있기 때문에 벽을 따라서 돌아갑니다"라며 지배인은 흙으로 만든 제방같이 높은 곳으로 말을 몰았다. 오른쪽은 벽돌로 만들어진 벽이었는데, 여기저기 무너져 있었으며, 왼쪽은 완만한 계곡으로 야생 포도나 잡목이 빼곡히 서 있었다. 길은 마차가 가까스로 지날 수 있을 만큼 좁았다. 그 곳을 돌아 측면의 문 앞에서 마차에서 내려서 안으로 들어가자 눈이 개운하고 편안해졌다. 한 아름이나 되는 소나무가 반대편 저 멀리까지 늘어서 있었는데, 그 아래에 장방형의 돌이 빈틈없이 깔려 있었다. 그리고 그 사이사이에 짧은 풀이 쓸쓸하게 자라 있었다. 돌 위를 한 걸음씩 밟을 때마다 구두 발밑에서 소리가 났다. 1정丁 (약 108m) 정도 나아가 그 정면에서 꺾으니 좌우에 석상이 있는데,

크고 웅장하다. 게다가 돌이라서 그런지 매우 조용했다. 막다른 길에 있는 로몬樓門[76]과 같은 곳에 들어가자, 이번에는 큰 거북의 등에 송덕비頌德碑가 세워져 있었다. 거북의 크기도 컸지만, 비석의 높이도 높았다. 몽골과 만주滿洲 그리고 중국의 세 언어로 문장이 새겨져 있다. 뒤로 돌아가자 융은문隆恩門이라고 하는 것이 하늘에 솟아 있다. 쌓아 올린 아치 위를 보니 3층이었다. 좌우에 둘러있는 벽도 예사롭지 않다. 저 위에 올라가보고 싶다고 지배인에게 부탁하자, "예 지금 올라보죠"라고 말하며 안으로 들어갔다. 가운데는 정사각형으로 칸막이가 되어 있었다. 정면에 있는 사당의 옆에서부터 돌계단을 올라가 벽 위로 나오자, 사당의 뒤쪽만이 반달모양으로 흔히 알려져 있는 베이링北陵을 에워싸고 있었다.

중국의 젊은이가 맨발로 따라 왔다. 지배인을 잡고는 계속해서 뭐라고 소곤소곤 말한다. 지배인에게 물어보자, "아 아닙니다"라고 얼버무렸다. 재차 물어보니 그는 이렇게 말했다. "얼마 전에 지붕의 차양에 붙어 있던 금 구슬 하나가 떨어졌는데 그때 그것을 주어놓았으니 사 달라고 합니다. 대놓고 팔 수 없는 물건이기 때문에, 이렇게 관광객이 왔을 때 몰래 팔아넘기려고 한다는데, 중국인은 정말로 교활하다니까요."

중국의 능지기도 물론 교활하지만 금 구슬을 싸게 사려고 하는

---

76 [역주] 로몬(樓門) : 2층으로 된 문. 혹은, 아래층에는 지붕이 없는 것을 이름. 절 등에서 흔히 볼 수 있음.

지배인도 그다지 정직하다고 할 수 없다. 지배인은 몰래 돈을 주고 금 구슬을 주머니에 넣은 듯 보였다.

벽 위에 올라가서 걸어보니, 굵은 나무가 눈 밑에 보였다. 뽕나무가 저렇게 크게 자랐다고 지배인이 손가락으로 가리켰다. 그도 그럴 것이 한 아름이나 되었다. 이 사각형의 벽의 한쪽의 길이가 얼마나 되느냐고 물어보자, "예 지금 재어 보죠"라고 말하며 한 걸음을 2척尺(약60cm) 정도로 하고 한 걸음 한 걸음씩 세며 걸었다. 나는 벽의 밖을 내려다보며, 벽을 감고 있는 붉은 나무의 열매를 바라보고 있었다. 모처럼 지배인이 벽의 길이를 세어 주었으나, 잊어버리고 말았다.

51

푸순撫順은 석탄의 산지이다. 그곳의 갱도 책임자는 마쓰다松田라고 하는 사람인데, 하시모토橋本가 만주滿洲에 올 때, 배 안에서 친해졌던가 해서 그때 권유받은 대로 내일 찾아가겠다는 전보를 보냈다. 기차를 탄 서양인이 두 명 있다. 이른 아침이었기 때문에, 객차 안에서 도시락인지 무엇인지를 먹고 있었는데, 푸순撫順에 도착하자, 우리들과 함께 기차에서 내렸다. 마중 나온 사람이 인사할 때 물어보니, 그중에서 한 사람이 평톈奉天의 영국 영사였다. 우리들도 이 영국인들과 함께 탄광 사무실로 가서, 2층에 있는 마쓰다松田 씨와 만났다. 마쓰다 씨는 줄무늬의 주름진 셔츠 위에 얇은 양복을 입고 있었다. 키가 작은 경쾌한 사람으로, 아무리 보아도 갱도 책임자로는 보이지 않았다. 우리들과 영국인을 나눠어 앉히고는, 양쪽을 번갈아 보면서 이야기를 했다. 하시모토橋本도 나도 영어는 한마디도 입에 올리지 않았다. 따라서 영국인과는 말을 섞지 않았다.

이윽고, 마쓰다 씨가 안내역이 되어 밖으로 나왔다. 저수지의 제방 위에 오르자, 시가지가 한눈에 보였다. 아직 완성되지는 않았지만, 하나같이 벽돌집인 데다가, 영화 스튜디오에라도 있을 법한 건축물로 가득했기 때문에, 전혀 일본인이 경영하고 있는 것이라고 생각되지 않았다. 게다가, 그 멋들어진 집의 대부분이 한 채 한 채마다 분위기다 달라, 각양각색이라고도 할 수 있을 만큼 변화를 주고 있기에 놀라지 않을 수 없었다. 그중에는 교회, 극장, 병원 그리고 학교가 있었으며, 탄광 임원들의 저택도 물론 있었지만, 하나같이 도쿄東京의 야마노테山の手[77]에라도 가져와서 바라보고 싶은 것들뿐이었다. 마쓰다松田 씨에게 들어보니 모두 일본의 기사技師들이 만든 것들이라고 했다.

---

[77] 【역주】 야마노테(山の手) : 높은 지대의 주택지.

시가지로부터 눈을 돌려 반대편을 바라보자, 낮은 언덕이 자리 잡고 있는 건너편에 굴뚝이 두 개 정도 희미하게 보였다. 그 둘의 거리가 분명히 10리里 이상 되는 것을 보아 넓은 탄광임에 틀림없다. 마쓰다 씨의 이야기에 따르면, 어디를 어떻게 파도 모두 석탄 천지로, 이를 모두 파내려면 100년, 200년은 걸린다고 한다. 우리들이 서 있는 곳의 바로 옆에도 800척尺(약 242m), 900척(약 273m)의 수직갱도가 뚫려 있다.

사무실에 돌아가 점심을 대접받았을 때, 영국인은 젓가락을 쓰지 못해 밥도 제대로 못 먹었는데, 불쌍하기 짝이 없었다. 이 영사는 중국에 18년이나 있다고 하면서, 젓가락도 쓸 줄 모르다니 의외였다. 그 대신 중국의 상류층 언어는 능숙하다고 한다. 마쓰다 씨는 용무로 바쁘다고 하여, 식탁에는 나타나지 않았다. 접대역으로 마쓰다 씨를 대신한 사람은, 영어로 영국인과 이야기하거나, 일본어로 우리들과 이야기하느라 매우 바빴다. 그렇지만, 하시모토橋本 씨도 나도 이때까지 영어는 한마디도 사용하지 않았다. 원래 영국인이라고 하는 사람들은 프라이드가 강해, 소개받지 않는 이상 다른 사람을 향해 간단히 말을 걸지 않는다. 따라서 우리들도 영국인에 대해서 마찬가지로 거만한 태도를 취했다.

식사 후에는 갱도 내를 견학하게 되었는데, 다지마田島 군이라고 하는 기사技師가 안내해 주었다. 입구에서 안전등과 지팡이를 각각 다섯 개씩 준비하여, 그것을 각자에게 나누어 주고 사방 1간間(약

2.6m) 정도의 구멍을 천천히 내려갔다. 14~5간間(약 38~9m)을 채 내려가지 않은 갱도 안은 칠흑같이 어두워졌다. 석유등은 발밑을 비추는 데에도 역부족이었다. 그렇지만, 길은 의외로 평탄했으며 천장도 상당히 높았다. 오른쪽으로 꺾어 더듬더듬 아래로 내려가자, 내 바로 앞에 있는 다지마田島 군이 딱 멈춰 섰고, 나도 멈췄다. 안내가 멈췄기 때문에 뒤이어 오는 사람들은 모두 멈춰 섰다. "여기에 의자가 있습니다. 갱도에 들어온 사람은 여기에서 5~6분 정도 쉬면서 어둠에 눈을 익숙해지도록 합니다"라고 했다. 다섯 명은 쉬면서 석유등으로 서로의 얼굴을 마주보았다. 모두 입을 다문 채 서 있었다. 자리에 앉는 사람은 한 명도 없었다. 고요한 가운데에서 흐르는 시간은 조금 무서웠다. 그러던 중 어두운 곳이 점차 자연스럽게 밝아졌다. 다지마 군은 잠시 후, "이제 괜찮겠지요"라고 말하며, 다시 오른쪽으로 꺾어, 안으로 안으로 내려갔다. 나도 계속해서 내려갔다. 그리고 남은 세 명도 계속해서 내려갔다.

신문에 여기까지 쓰자니 섣달 그믐날이 되고 말았다. 2년에 걸쳐서 계속해서 쓰는 것도 이상하고 해서, 우선 이쯤에서 마무리를 하고 싶다.